드림 라운드

# 드 림
# 라 운 드

설재인 장편소설

푸른숲주니어

# 차례

# 1라운드
## 김온해의 경우

　매일의 체육관 마감은 영원히 오지 않을 것처럼 멀게만 느껴진다.

　시간은 이미 밤 11시 30분. 분명 11시까지가 영업시간이건만, 저기 저 아저씨 회원 무리들은 꼭 11시 정각까지 샌드백을 두들기다가 샤워실로 우르르 들어갔다. 샤워실에서 반상회를 하는 건지, 아니면 반신욕을 하는 건지는 몰라도 젖은 머리 털고 나올 때까지 삼십 분이나 걸렸다. 나와서 바로 가는 것도 아니었다. 꼭 대걸레를 쥐고 있는 온해에게 농을 던지며 미적거렸다.

　"어깨가 더 넓어진 거 같네? 어깨가 너무 넓어서 남친이 안 생기는 거야."

　어떤 회원은 아빠를 붙들고서 칭얼대기도 했다.

"관장님, 오늘은 마감 청소 딸내미한테 맡기고 한잔하시죠, 응? 어떻게 십 년 동안 술 한 번을 같이 안 마셔 주나, 관장님이?"

개중 눈치가 조금 있는 회원이 "이제 그만 가시죠. 청소하시느라 바쁜 거 안 보입니까?" 하고 핀잔을 놓으면, 그때서야 우르르 출입문을 나섰다. 바로 집에 가는 건 아닐 게 뻔했고, 아마 호프집으로 가서 운동으로 소진한 만큼의 몇 배나 되는 칼로리를 섭취할 거였다.

온해는 한숨을 쉬면서 뒤를 돌아보았다. 열심히 거울을 닦던 아빠가 온해 쪽을 보지도 않고 외쳤다.

"온해야, 간판 불 꺼라!"

간판이 팟, 소리를 내며 어두워졌다. '미원복싱'이라고 작게 표기된 체육관 이름도, 그리고 체육관 이름보다 더 큰 궁서체로 엄숙하게 적힌 '겸손+성실=꿈'이라는 요상한 수식도, 모두 밤의 어둠 속으로 사라졌다.


우리 딸내미는 나 닮아서 곰 같은 아이예요. 과묵한 아빠가 항만시 미원2동 사람들 앞에서 하는 유일한 자랑이었다. 그러면 동네 사람들은 모두 고개를 끄덕였다. 십 년 전 미원복싱이 처음 생겼던 시절, 사람들은 단 하루도 빠지지 않고 새벽마다 제 아빠와 함께 동네를 뛰는 일곱 살짜리 여자아이를 보며 TV

프로그램 〈세상에 이런 일이〉에 제보할까 고민했다.

그 아이가 중학교에 가서는 이런저런 전국 대회까지 나가 메달을 몇 개씩 따오고(애석하게도 금메달은 한 번도 없었지만), 심지어 그 와중에 딱히 엇나가는 일도 없었으니 그야말로 성실함의 표본, 미원2동의 딸 김온해라 불릴 만했다.

저렇게 어려서부터 자기 앞날을 딱 찾아 열심히 정진하는 건실한 청소년이 또 어디 있느냐고 동네 아저씨들은 온해를 치켜세웠다. 그러고는 꼭 '복싱은 헝그리 정신'이라며 '엄마 없이 체육관에 살면서도 잘 큰 애'라는 군더더기를 덧붙이고, 이제 좀 숨 돌리고 놀러 다니라면서 악마처럼 아빠를 살살 꼬드기는 거였다.

하지만 곰 중에서도 대왕 곰, 요령 한번 못 부리고 한길만을 파 온 온해의 아빠 김웅민 씨가 그런 유혹에 넘어갈 리가. 아빠는 지금껏 온해를 혼자 두고 맥주 한잔 마시러 간 적이 없었다. 아저씨들은 그런 아빠를 보고 무슨 낙으로 세상을 사느냐며 혀를 끌끌 찼고, 온해는 그 등 뒤에서 아저씨들을 몰래 째려보았다. 우리 아빠한테 나쁜 물 들이지 마세요, 라고 속으로 말하며.

아빠와 둘이 보내는 삶은 너무나 익숙해서 마치 뼈에 새겨진 것과도 같았다. 5시 55분 기상, 6시부터 동네 러닝 한 시간, 끝나고 밥 먹은 후 등교, 책상에 내내 퍼질러 자다 체육관으로 하교, 아빠와 세 시간 훈련 후 체육관 사무실에서 백반을 시켜 먹고서는, 집에 혼자 돌아와 아빠가 돌아오기 전까지 게임을 하거나 유튜브를 보다 노곤해지면 잠이 드는 매일의 일상.

나쁘지 않았다. 일단 온해는 원체 아빠를 닮아 체력도 좋고 몸 움직이기를 즐겼다. 적성에 안 맞는 공부를 일찌감치 포기할 수 있었던 이유도 아빠가 운동선수 출신인 덕분이었다. 초등학생 때부터 본인의 의사와 관계없이 과외며 학원을 전전하는 또래들과 달리, 온해는 다른 길을 바로 택할 수 있었다.

……올해 초까지는 그렇게 무난했는데.

"이제 고등학교 입학했으니까, 진로에 대해서도 이야길 해야지?"

일요일은 유일하게 체육관도, 부녀의 훈련도 모두 쉬는 날이었다. 대신 아침 식사 후 가족회의를 했다. 말이 가족회의지, 실은 온해의 손목이나 팔꿈치, 어깨 등의 상태를 점검하고 어떤 치료를 받을지 결정하는 시간에 가까웠다. 그런데 갑자기 아빠가 진로란 말을 꺼내자 온해는 당황하지 않을 수 없었다. 내가 복싱 말고 또 할 게 있나?

"복싱으로 대학을 갈 건지, 실업팀 선수가 되고 싶은 건지, 아니면 아빠처럼 체육관에서 사람들 가르칠 생각이 있는 건지."

일단 대학은 패스. 물론 복싱으로도 대학을 갈 방법이 있긴 했지만 온해에겐 전혀 희망 사항이 아니었다. 대학도 결국 공부를 위해 가는 것 아닌가? 무슨 공부든 온해의 취향이 아니었다.

"나, 실업팀 가서 연봉 받고 싶긴 한데. 그럼 아빠랑 떨어져야 하고. 게다가 매해 재계약해야 되니까 성적 안 나오면 끝이고. 심지어 마흔에는 무조건 은퇴해야 되잖아. 결국엔 체육관으로 돌아와 코치 하면 되는 거 아니야?"

온해는 아빠와 떨어진 적이 한 번도 없었다. 혼자인 미지의 세상은 두려웠다. 더군다나 꿈에 대해 별로 생각해 본 적도 없었다. 선택지는 무조건 하나였다. 복싱.

"온해야, 코치는 생각만큼 쉬운 일 아니야. 성격도 잘 맞아야 하고."

"아빠는 하고 나는 못하나? 나, 잘할 수 있을 것 같은데."

아빠는 자못 뿌듯한 표정이었다. 감정 숨기는 것엔 영 재주가 없었다. 아빠는 무언가 곰곰이 생각하는 척하더니 이렇게 제안했다. 군 입대 때문에 공석이 되어 버린 막내 코치 자리를 대신해 보는 게 어떻겠느냐고. 실제로 해 보면 적성에 맞는지 아닌지 알 수 있지 않겠느냐고. 시간대는 학교에 다녀와 훈련을 마친 6시부터 밤 11시까지. 월급과 연차 휴가는 막내 코치에게 주던 것과 동일하게 지급하겠다고 했다.

온해는 오케이를 외쳤다. 나쁠 게 없었다. 어차피 나중에 해야 할 일이라면 지금 실습해 보는 것도 유익할 듯싶었다. 얼추 자신도 있었다. 실제로 복싱 선수 김온해는 소년기의 아빠, 김응민 선수보다 훨씬 성적이 좋았으니까. 소년기의 김응민 선수는 전국 대회에서 딱 한 번 동메달을 땄고, 프로 데뷔전에서 참패한 후 소리 소문 없이 사라졌다. 아빠의 자존심이 다칠까 봐 이런 말은 한 번도 입 밖에 내지 않았지만.

우리 애는 중2병도 없습니다, 하고 자랑스러워하던 김응민 씨가 미처 대비하지 못한 온해의 사춘기는 그 가족회의 후 얼마 지나지 않아 마치 외계인의 침공처럼 벼락같이 시작되었다.

3월 말, 날은 풀리는데 점점 얼굴이 굳어 가던 온해는 4월이 되자 스파링하는 링 위에서 최선을 다하지 않았다. 가드만 올린 채 돌처럼 우뚝 서서는 스텝을 뛰지도 반격을 하지도 않고 요지부동으로 맞기만 했다. 5월에는 중요한 대회의 계체량[1] 이틀 전, 아빠가 준 월급으로 혼자 배달 떡볶이를 왕창 시켜 먹었다. 곧바로 2킬로가 찌는 바람에 결국 시합장엔 가지도 못하고 기권했다. 6월에는 성인 회원 한 명에게 예의 없이 굴었다는 이유로 클레임이 들어왔다.

아빠는 정말이지 미칠 것 같은 표정이었다. 겨우 넉 달 만에 사람이 이렇게 변할 수 있나 싶을 터였다. 무엇보다 자신이 속속들이 알고 있다고, 또 자신과 똑 닮은 게 분명하다고 확신하던 딸이 이렇게 바뀌다니, 황당할 게 당연했다. 더 불가사의한 것은, 일이 힘들다면 그만해도 좋다는 말에 온해가 입을 댓 발

내민 채 그럴 생각 없다고, 무조건 계속 일할 거라고 을러댔다는 점이었다. 심지어 훈련 역시 절대 빼먹지 않았다.

물론 외계인의 침공과 달리, 온해에게는 꽤 명백하고 심각한 이유가 몇 가지 있었으나 '겸손'과 '성실'이면 모든 게 해결되는 줄 아는 김응민 씨로서는 상상하지도 못할 것들이었다.

일이 힘들거나 적성에 맞지 않은 것은 아니었다. 다만 고등학교에 들어가니 갑자기 친구들이 변했다.

미원복싱에 다니던 또래들이 죄다 체육관을 그만둔 게 첫 번째 변화였다. 배신감에 분개하는 온해 앞에서, 아빠는 예상한 수순이라고 무심히 말했다. 원래 중학교 때까지 열심히 다니던 애들도 고등학생이 되면 별안간 '공부해야 한다'며 체육관을 그만둔다나.

겨우 하루 한 시간, 그마저도 설렁설렁 농땡이 피우듯 운동하는 애들인데, 그걸 그만두면 성적이 대단히 달라지나? 온해는 체육관을 그만두는 또래들의 논리를 잘 이해할 수 없었다. 물론 그게 또래의 논리가 아니라 그 부모의 논리라는 걸 짐작하지 못한 건 아니었다.

바로 그즈음, 두 번째 변화가 발생했다. 분명 중학생 땐 부모의 '꼰대스러운' 가치관에 분노를 터뜨리곤 했던 친구들이, 갑자기 그 사고에 동조하기 시작한 것이다. 만날 때마다 하는 얘기들이 다 똑같았다. '내신, 생기부, 대학, 인서울'. 온해는 한 번도 관심을 둔 적 없는 단어들이었다.

중학교에서 함께 진학한 무리가 자신을 따돌리기 시작했다는 사실을 온해는 3월부터 서서히 눈치채기 시작했다. 뭐, 그럴 수도 있지 싶었다. 다른 애들은 같이 학원에 다니며 온해는 알 수 없는 추억을 공유할 테니까.

그러다 결정적인 일은 벚꽃이 만개하던 즈음 일어났다. 중간고사를 끝낸 아이들이 온해에게는 일언반구 없이 자기들끼리만 꽃놀이를 간 것이었다. 원래 중학생 때는 시험이 끝나면 항상 같이 놀곤 했는데. 그래서 몇 번을 고민하다 훈련도 빼고 일도 뺐는데, 정작 그날 아무도 온해에게 같이 놀자는 말을 하지 않았다.

벚나무 아래에서 신나게 사진을 찍은 친구들의 인스타그램 스토리가 올라오고 온해가 그걸 확인했을 때는 밤 10시였다. 곧 친구 하나에게 전화가 왔다. 미안한 듯 한참을 꾸물대던 친구는 이렇게 말했다.

"나는 너랑 정말 놀고 싶었는데, 근데 오윤아 있잖아, 걔네 엄마 아빠가 너랑 노는 걸 엄청 안 좋아하셔서……. 내가 이런 말 했단 거, 다른 애들한테는 절대 비밀이야. 알겠지? 난 진짜 너한테 미안해서 얘기해 주는 거야……."

말도 안 돼. 오윤아는 온해와 같이 놀던 무리 중 하나였다. 걔

인적으로 보자면 그중 가장 서먹한 친구였으나, 좌우지간 초등
학생 때부터 미원복싱에 다닌 아이였다. 물론 지금은 그만뒀지
만. 그 애의 아빠도, 엄마도 본 적이 많았다. 재등록할 때마다
체육관으로 와서 카드를 긁곤 했으니까. 그럴 때마다 온해를 상
당히 상냥하게 대해 주던 사람들이었다. 그 상냥하던 사람들이
왜 갑자기 딴지를 건단 말인가.

"왜 나랑 놀지 말래? 성적이 바닥이어서? 생기부랑 대학에 관
심 없어서? 근데 그건 원래부터 그랬잖아? 그걸 모르고 나랑 친
구 한 건 아니잖아."

원래 온해는 마구 캐묻는 성격이 아니었다. 누구한테 '널 싫
어해.'라는 말을 들으면 자신이 무얼 잘못했는지 속으로 전전
긍긍하는 스타일이었다. 아마 그 친구도 그런 반응을 원했을지
도 모른다.

그런데 온해의 입이 마구 움직였다. 온해답지 않은 일이었다.

핸드폰 건너편에서는 대답이 없었다. 당황했을 것이다. 그래
서 온해는 그만 더 심한 말을 묻고 말았다. 이런 물음을 던지는
게 싫었지만 어쩔 수 없었다.

"내가 미혼부의 자식이라서? 그래서 그런 거야?"

핸드폰 너머의 그 애는 펄쩍 뛰더니 마치 기다렸다는 듯 자초
지종을 술술 털어놓았다.

"걔네 엄마 아빠가 학부모 모임에서 그랬대. 너, 아동 학대당

한다고."

"뭐?"

"열일곱 살밖에 안 됐는데 맨날 혹독하게 훈련하고, 공부도 못 하고, 밤 12시까지 노동한다고. 성인도 아니고 앤데 어떻게 그럴 수 있냐고."

아동 학대라니. 그런 말은 처음 들었다. 온해는 헷갈렸다. 정말로 내가 학대를 당한 건가? 아빠와 함께 훈련하고 아빠를 도와 일했을 뿐인데. 내가 멍청했던 건가? 그래서 몰랐던 건가?

일단은 자신을 변호하고 싶은 마음에 화부터 냈다.

"나, 하루 세 시간밖에 훈련 안 해. 너네가 학원 다니는 시간보다 훨씬 짧아. 그리고 아르바이트하는 고딩들도 세상에 얼마나 많은데. 고딩은 아르바이트하면 안 돼? 월급도 제대로 받는다고!"

친구는 대답이 없었다. 순간 분통이 터진 온해가 "야!" 하고 버럭 소리를 지르자 돌아오는 건 더 큰 고함이었다.

"네 생각 해서 전화해 줬더니 왜 나한테 지랄이냐? 지랄할 거면 오윤아한테 가서 하든가!"

"왜 이렇게 당당한데? 그 말대로 내가 학대당한다 쳐. 그러면, 어? 인간적으로, 더 챙겨 주고 보살펴 줘야 되는 거 아니야? 왜 나를 왕따시키는데?"

공부를 잘하기라도 했다면 경쟁심 때문에라도 깎아내리려

하겠지만, 나는, 나는 전교 꼴찌권에서 노는 애인데 왜? 왜 따돌려? 도저히 알 도리가 없었다.

그러나 이어 들은 대답은 한 번도 예상한 적 없는 것이었다.

"오윤아네 아빠 말이 맞네. 너한테 학대당한다고 말하고 챙겨 줘 봤자, 이미 가스라이팅당해서 고마워하지도 않을 거라고 그랬는데. 욕이나 안 먹으면 다행이니까 그냥 자연스럽게 멀어지라고."

"뭐?"

"난 그 아저씨 말 안 믿었거든? 그런데 진짜네?"

"나, 지금 이해가 안 되거든?"

"지금 나 혼자서 너한테 진실을 얘기해 주고 있는데, 너는 그런 나한테 도리어 화를 내잖아. 이해력이 딸리냐?"

진실이 뭔데? 학대? 가스라이팅? 숨이 가빠졌다. 핸드폰 건너편으로 더 격앙된 음성이 메아리쳤다.

"너, 커서 뭐가 되고 싶은지 생각해 본 적은 있냐?"

뭐가……, 뭐가 되고 싶을까. 한 번도 생각해 본 적이 없었다. 그냥 아빠가 하라는 대로 따랐고, 그 길에 아무 상념이 없었다. 지금까지는. 온해가 대답하지 못하자 상대는 더 화가 난 듯했다.

"그래, 꿈도 없지? 꿈도 없는데 대학은 쉽게 갈 거고?"

"나, 대학 생각 없는 거 너네 다 알잖아."

"웃기시네. 대학 관심 없는 척 내숭 떨지 마. 복싱해서 메달

따면 인서울 갈 수 있다던데? 오윤아네 엄마가 그러더라. 양심 있냐? 너 같은 애들은 우리가 얼마나 힘들게 공부하는지 절대 이해 못 한다고."

하지만 난 대학 갈 생각 정말 없는데. 온해가 항변하려 했으나 이미 통화가 끝나고 난 뒤였다.

이상하지. 분명 통화 직후에는 오윤아 부모에게만 분노를 품었는데, 시간이 지나면서 분노가 자꾸 다른 곳으로 전염되었다.

아빠를 볼 때마다, 예상치 못한 나쁜 감정이 치밀어 올랐다. 자꾸만 스스로 묻게 되었다. 정말로 나는 학대당하고 있는 게 아닐까? 아빠가 정말로 나를 괴롭히고 있는 게 아닐까? 내가 멍청해서 학대당하는 것조차 몰랐던 게 아닐까? 아빠가 아니었다면 내가 따돌림을 당할 이유도 없지 않았을까?

그런 마음이 드니 매분 매초가 견디기 힘들어졌다. 물론 몸에 밴 훈련 루틴을 빼먹진 않았으나 아빠가 원하는 장면은 보여 주고 싶지 않았다. 아니, 보여 줄 힘도 없었다. 그래서 로드워크를 최대한 대충 뛰었고, 스파링도 일부러 엉망으로 했다.

코치로 일하면서는, 다른 초보들 앞에서 허세를 부리며 상대를 무시하는 성인 회원에게 면박을 대차게 주었다. 바로 클레임이 들어와 아빠에게 혼이 났는데, 그동안 의문은 빠르게 커졌다. 내가 잘못하지도 않았는데, 아빠는 왜 나를 혼내고 있는 거지?

　의문은 서서히 반항심으로 자라났다. 스파링을 망쳤다고 혼나거나 자정 가까운 시각에 대걸레로 링 위를 밀고 있을 때마다, 나의 꿈이 무엇인가 물었다. 딱히 답할 수 없어서 '꿈도 없으니 정말로 나는 학대당하는구나.' 하고 자꾸만 중얼거렸다. 그러다 보니 확신이 되었다.

　그래서 온해는 여름 방학식 날 가출하기로 마음먹었다. 디데이를 방학식 날로 정한 이유는 별게 아니고, 그저 학교를 무단으로 결석하는 상상을 할 수 없기 때문이었다. 학교는 빠지면 안 되니까.

　방학식이 끝난 후, 체육관에도 집에도 가지 않았다. 최고 기온이 35도를 넘는 날이었지만 땀을 뻘뻘 흘리며 내내 시내를 돌아다녔다. 그리고 체육관을 마감할 시각쯤이 되어서야, 온몸의 소금기 때문에 기진맥진한 상태로 근처에 숨어들었다. 아빠가 마감 후 체육관을 나가면 몰래 들어가 샤워를 한 후 하룻밤을 잘 심산이었다.

　팟.

　'미원복싱' 간판이 꺼지는 걸 전봇대 뒤에 숨어 확인했다. 간판이 꺼지고 나서도 한 시간은 더 기다려야 청소를 마친 아빠가 나올 거였다. 그러나 자꾸만 다리가 꼬였다. 요의 때문이었다.

동네에 개방 화장실이 통 없었기에 참고 참았던 용변이 말썽이었다. 이 근처에 화장실이 있던가? 온해는 필사적으로 기억을 더듬었다.

그러나 너무나 명백한 답안이 존재하면 대안이 절대 떠오르지 않기 마련이었다. 엎어지면 코 닿을 데 있는, 체육관 화장실.

도저히 한 시간은 못 버틸 것 같았다. 아니, 한 시간이 뭐야. 십 분도 참을 수 없을 게 분명했다. 아빠가 눈치채지 않게 다녀올 수 있을까? 온해는 결국 계단에 발을 디뎠다. 1층, 세탁소와 감자탕집. 2층, 태권도장과 무슨 사무실. 모두 미원복싱보다 일찍 문을 닫는 곳들로, 이미 짙은 어둠에 잠겨 있었다.

온해는 계단 아래서 희미하게 보이기 시작한 목적지를 응시했다. 상가의 3층 공용 화장실은 계단을 올라오면 바로 마주하는 302호 새마음교회 옆에 있었다. 그러니 무거운 철문을 소리 나지 않도록 조심스레 열기만 하면 301호 미원복싱에서 열심히 청소기를 돌리고 있을 아빠에게 들키지 않고 볼일을 해결할 수 있을 터였다.

조심스레 동향을 살피던 온해는 302호의 문이 아주 미세하게 열려 있는 것을 뒤늦게 깨닫고는 조금 놀랐다. 302호는 미원복싱보다도 작은 평수의 초미니 교회였다. 월세를 몇 달이나 내지 못했다는 말을 주워들었는데, 세입자가 새로 들어왔으려나? 이 밤중에? 온해는 잠시 궁금해했으나 그보다는 화장실이 더 중요했다. 사위가 조용해진 것 같아 서둘러 마지막 계단 반 층을 올랐다. 그리고 살금살금 302호 앞을 지나쳤다.

그때 체육관 출입문에 달린 종이 울리는 소리가 났다. 온해는 인생 최대의 스피드를 내서, 가장 가까운 은신처에 몸을 숨겼다. 그러니까 마침 열려 있던 302호로 돌진해 들어갔다는 얘기다.

"……휴."

아빠가 화장실에 들어가는 소리가 들렸다. 들키지 않은 것은 천만다행이었다. 온해는 가슴을 쓸어내리며 무심코 뒤를 돌았다. 그러고는 보고 말았다.

천장에 대롱대롱 매달려 있는 사람의 몸을.

온해가 입을 벌려 비명을 지르려는 순간, 갑자기 그 몸의 얼굴이 눈을 번쩍 떴다.

"소리 지르지 마라."

목을 맨 시체가 입을 열고 말까지 했음에도 온해가 비명을 꾹 참고 침묵을 지킬 수 있었던 건 순전히, 그 시체가 하는 말이 자신의 이해와 맞아떨어졌기 때문이다. 절대로 아빠에게 들키고 싶지 않았으니까.

아마 시체도 마찬가지인 모양이었다.

그리고 온해는 그가 누군지 알아보았다.

302호 초미니 개척 교회 '새마음교회'의 목사. 이름은 모르지만 오며가며 얼굴은 가끔 보던 중장년층의 백발 남자. 인사는 하지 않았다. 새마음과 미원의 사이가 더없이 나빴기 때문이다.

목사는 지치지도 않고 매일 미원복싱에 와서 거세게 항의를 했다. 불평의 내용은 다양했다. 샌드백 치는 소리가 시끄럽다, 그쪽 회원들이 공동 화장실을 너무 많이 쓰니 관리비가 이리 비싼 것 아니냐, 넘치는 폭력성에 신도들이 불안감을 느낀다, 기타 등등.

다 어처구니없는 얘기였다. 무엇보다도, 미원복싱이 이미 있는 걸 빤히 알면서 옆 호실에 입주했으면 감수해야 하는 사항 아닌가? 그 대단하신 목사님이 항의 방문을 할 때마다 온해는 속으로 욕을 하곤 했다. 목사가 찾아올 때마다 아빠가 바보처럼 죄송하다며 허리를 굽혔기 때문에 더욱 화가 났다. 남에게 민폐 끼치는 건 죽어도 싫어하는 아빠지만 목사가 걸고넘어지는 것들은 정말이지 너무나 어처구니없고 해결조차 불가능한 사안들이었다.

바로 그 개진상 목사가, 목을 맨 채 달랑달랑 허공에서 흔들리고 있었다. 온해는 의자를 질질 끌고 와 끈을 내려 주었다. 그러나 목은 이미 줄에 걸쳐졌던 각도대로 앞을 향해 꺾인 데다 혀까지 길게 늘어나 있었다. 저런 몸인데 죽지 않은 상태일 수 있나? 유령인가 아닌가? 온해는 답을 알 수 없었다. 물으려는데 목사가 선수를 쳤다.

"신고 절대 하지 말아라."

"왜요?"

"어른 말에 토를 왜 달지?"

"제가 신고 안 했다가 나중에 누명이라도 뒤집어쓰면 책임지실 거예요?"

자살 시도라니 안타깝긴 하지만, 그간 쌓인 감정 탓에 말이 곱게 나가지 않았다. 온해가 핸드폰을 들어 1, 1, 2를 천천히 누르자 목사는 다시 빽 소리를 질렀다.

"신고 안 하면!"

"깜짝이야. 왜 소리를 질러요?"

"거, 신고 안 하면 도와줄게. 저기, 서랍 열면 금고가 있어. 그거 열면 현금 있는데 써도 돼. 그리고 너, 딱 보니까 가출했는데, 맞지? 신고만 안 하면 여기 계속 숨어 있어도 돼. 에어컨 빵빵하게 틀고 시원하게 지내라고."

저 정신 나간 반송장이 무슨 말을 하는 건가, 싶었으나 온해는 일단 대답했다.

"일단 저, 화장실 좀."

마침내 아빠가 체육관 문을 잠그고 층계를 내려가는 소리가 들렸기 때문이다.


온해는 화장실에서 나온 후 302호로 가지 않고, 아빠가 신발장에 숨겨 둔 열쇠를 꺼내 301호의 문을 열었다. 행여나 체육관의 불이 꺼지지 않은 걸 본 동네 사람이 올라오기라도 할까 봐 두려워 가장 약한 등만 하나 켜 두었다.

종일 밖을 배회하느라 땀에 찌든 옷에서 냄새가 풀풀 났다. 얼른 샤워실로 들어가 얼음장 같은 물로 샤워를 한 후, 가득 쌓인 공용 운동복을 집어 갈아입었다. 그러고서는 물이 뚝뚝 떨어지는 머리로 샤워실 밖으로 나왔다. 그러고는 눈을 의심했다.

링 위에서 무언가 흐느적거리고 있었다.

쉭, 쉬익, 쉬이익. 얼핏 들으면 뱀이 입맛이라도 다시는 듯한 소리가 들렸다. 온해에게는 익숙한 소리였다. '쉭, 쉬익, 이것은 입에서 나는 소리가 아니여.' 그 오래된 유행어처럼 미원복싱의 회원들 중 섀도복싱을 할 때마다 정말로 그런 소리를 내는 이들이 꽤 있었으니까. 다만 지금 링 위에서 몸을 움직이고 있는 이는 회원이 아니었다.

"뭐 하세요, 아저씨?"

목사였다. 언제 여기로 몰래 들어온 건지는 몰라도, 예의 그 굽은 목을 한 채 혀를 빼물곤 무아지경의 상태로 쉭쉭거리는 중이었다. 온해는 팔짱을 끼고서 목사의 몸놀림을 응시했다.

체육관에서 일한 지 반년도 채 되지 않았지만, 그동안 온해는 일종의 관상학자가 되었다. 상담을 받기 위해 사무실 의자에 앉는 자세만 쓱 봐도 이미 그 사람의 됨됨이를 분석 가능했다. 그리고 지금, 희미한 전등 아래 주먹을 뻗고 있는 목사의 궤적을 보며 온해는 대강의 스캔을 끝냈다.

액면가는 대략 오십 대 후반에서 육십 대 초반. 그렇다면 1980년대 한국의 복싱 전성기에 청소년 혹은 갓 성인이었을 것. 엉성하긴 하지만 폼을 보면 아예 복싱을 모르는 사람은 아닌 것으로 보임. 어린 시절 중계방송을 보며 열광하던 팬이었을 가능성이 있음. 물론 정식으로 배운 것은 절대 아님. 기본 스텝과 잽²부터 엉망임. 괜찮은 것은 두 손을 올린 가드뿐임. 가드만은 완벽하게 견고함.

아, 자세히 보니 눈알 굴러가는 게 빠르네. 동체 시력이 나쁘진 않을 것 같은데. 어쨌거나 체육관 등록한다면 허세만 부리다 기본 과정도 다 못 마치고 슬그머니 사라질 확률, 대충 80프로로 예상됨.

"저기요, 목사님."

온해가 불렀다.

"참 열심히 하시고 좋은데요. 저, 이제 잘 거라서요. 그나마 링이 제일 푹신푹신해서, 거기서 자고 싶은데 목사님이 얼쩡거리시면 제가 잠을 못 자요. 그러니까 그만 돌아가 주시겠어요?"

그러자 목사는 물었다.

"내 섀도복싱 봤나?"

"네? 아아, 네. 뭐, 봤죠."

"재능이 있지 않아?"

대체 무슨 자신감인가. 온해는 잠시 정신이 혼미해졌다. 그러나 얼른 머릿속을 가다듬었다.

"네에, 뭐. 안 배우신 티가 좀 나긴 했는데, 그거야 당연한 거고요. 그래도 모르는 사람들이 보면 멋있다고 생각할 거예요. 직업이 선수도 아니고 목사님이신데. 그리고 복싱을 할 것도 아닌데, 그게 뭐가 중요해요? 그럼 이제 좀 가 주시겠어요?"

그리고 잠시 눈을 깜박였다 떴을 때 목사는 긴 혀를 덜렁거리며 온해의 눈앞에 와 있었다.

"내가 어디가 부족한데?"

있는 힘껏 성을 내면서.

"재능이 없다는 소리야?"

그렇게 묻는다면 체육관 코치로서의 김온해는 할 말이 많았다. 사실 회원님들에게는 입발림을 장착해야 했으나, 이번엔 달랐다. 상대는 돈 내는 회원도 아닐뿐더러, 말도 안 되는 민원을 줄기차게 제기해 미원복싱을 성가시게 만들던 당사자였다. 큼큼. 온해는 목청을 가다듬었다.

그리고 폭주했다.

"그걸 원투[3]라고 하세요? 아니, 왼손 잽이야 그렇다 쳐요. 라이트 스트레이트[4]가 왼손보다 짧으면 어디다 쓸 건데요? 팔로 힘 빡 줘서 쳐 봤자 거리도 안 맞아요. 허리를 돌려야 된다고요, 허리를! 그리고 훅[5]은 왜 그래요? 아니 무슨, 코앞에 있는 사람

때려요? 상대편이 바보예요? 맞아 주러 코앞까지 오는 줄 알아요? 각을 더 줘야 된다고요. 어퍼컷은 또 어떤데? 진짜 웃기거든요? 솔직히 말해요, 목사님. 사람이랑 싸워 본 적 없죠? 목사님이니 당연히 없으시겠지. 사람 턱이 어디 있는지 알긴 해요? 그리고 위빙⁶…… 그렇게 느리게 하면요. 솔직히 푸세식 화장실에서 똥 싸는 자세밖에는 안 돼요."

아, 이게 무슨 심정이지. 온해는 자기도 모르게 신명이 났다. 남도 아니고 새마음교회 목사였다. 저놈의 목사가 건물주에게 민원을 죽어라 넣고, 또 체육관의 문을 두드려 말도 안 되는 억지를 부리는 탓에 아빠가 얼마나 스트레스를 받았던가 떠올려 보면, 이렇게 앙갚음을 당해도 쌌다.

"죄송하지만 그런 상태로 스파링하면 1라운드도 못 버텨요. 남이 하는 거 볼 땐 쉬워 보였죠? 목사님이 제대로 하시는 건 딱 하나예요, 가드. 가드는 정말 완벽하시네. 아셨으면 이만 돌아가세요, 목사답게 교회로!"

그런데 아뿔싸, 갑자기 목사가 냅다 달려들었다.


온해는 가끔 인생 첫 스파링 때를 떠올리며 혼자 킬킬 웃곤 했다. 1라운드는 죽을 썼다. 상대가 무서워 제대로 다가가지 못한 채 허공에 대고 헛손질이나 했다. 간신히 버텨 낸 후 찾아온 쉬는 시간, 아빠는 기절할 듯 헐떡거리는 온해에게 물을 먹이며

'거리'의 중요성을 연신 말했다.

복싱의 꽃은 거리 싸움. 아빠가 항상 강조하던 말이었다. 그도 그럴 것이, 공격을 성공시킬 수 있는 거리로까지 파고들기 위해서는 담력이 중요했다.

내가 때릴 수 있는 거리라면, 남도 공격할 수 있을 만큼이었다. 남의 주먹이 닿을 확률을 높인다는 걸 빤히 알면서도 앞으로 다가서는 담력이 승부에는 반드시 필요했다.

목사는 척 봐도 키만 컸지 담력과는 전혀 관련 없을 인상이었다. 이런 상대라면 대응이 쉬웠다. 일단 왼손을 뻗어 상대의 시야를 가리면, 주먹질이라곤 해 본 적 없는 이들은 눈을 감게 된다. 무언가 공격이 들어왔으니 허둥지둥 팔을 뻗어 공격하려 들 텐데, 사람은 본능적으로 자기 어깨 높이 정도로 주먹을 휘두르게 되어 있다. 그러니 상대의 어깨보다 더 몸이 낮아지도록 자세를 낮춘 후 팔을 위로 뻗은 채 갈고리 모양으로 움직여 오버헤드 훅을 날리거나, 아니면 반대로 주먹을 낮게 슬쩍 집어넣어 몸통을 칠 수도 있었다.

온해가 선택한 공격 기술은 힘껏 허리를 젖히는 오버헤드 훅이었다.

"아이고오오!"

목사는 방정맞은 비명과 함께 나동그라지더니 링에 누워 꿈틀거렸다. 그렇지, 뭐. 당연한 결과 아니겠어? 온해는 이렇게 생각하며 픗 웃었다. 그러나 열심히 씨근덕대는 목사의 얼굴을 응시하며 손을 털다, 이상한 점을 깨닫고 말았다.

……그런데, 상대가 저런 식으로 다운될 정도의 강한 훅을 쳤는데, 내 주먹에 타격감이 이렇게 없을 수가 있나? 마치 허공에 대고 주먹을 휘두른 것처럼 아무 감각이 들지 않았는데.

온해는 아직도 드러누워 있는 목사의 곁에 슬그머니 웅크렸다. 잠시 망설이다가, 손가락 하나를 들어 목사의 팔을 슬쩍 눌러 보았다.

"뭐야……."

온해의 손가락이 그대로 그 팔을 통과했다. 딱 유령이 나오는 드라마나 영화에서 볼 법한 장면처럼. 목사의 목이 삐거덕 돌아갔다. 떼꾼한 두 눈이 체육관의 전면 거울을 향했다. 온해도 그쪽을 바라보았다. 거울에 비친 링 위에는 아무도 없었다.

맙소사.

진짜 유령이었나.

물론 아무리 유령이라 하더라도, 미안하지만 이젠 전혀 무섭지 않았다. 처음부터 유령이란 걸 알았으면 모르겠으나, 방정맞게 나동그라지는 꼴을 다 본 지금은 그저 애잔한 겁쟁이 아저씨일 뿐이었다.

"목사님, 지금 보니까 진짜 쫄보네요?"

온해는 짜증 없이 정말로 즐거워서 깔깔거리기 시작했다. 링 위에 올라 상대를 마주한 순간, 아주 작은 미소라도 절대 짓지 말도록 단호히 금지했던 아빠의 가르침을 처음으로 거슬러서, 배를 잡고 웃었다. 목사가 끙끙거렸다.

첫 스파링에서 모든 사람은 상상 속 멋진 자신이 무너지는 경험을 한다. 창피한 모습을 보인 회원들은 체육관에 발길을 뚝 끊는 경우가 대부분이었다. 그래서 온해는 자리에서 비척비척 일어나는 목사의 모습을 보며, 그 역시 곧바로 302호로 내뺄 것이라 예상했다. 하지만 목사는 허리를 구부려 링 아래로 내려가더니 멋대로 샌드백 앞에 섰다.

"나, 참."

유령의 투명한 손으로는 건드리지도 못할 샌드백 앞에서 왜 저러고 있는 건지. 참으로 곧은 의지의 회원님이 아닐 수 없었다. 온해는 샌드백 앞에서 쉭쉭 소리를 또 내며 열심히 훈련하는 목사를 가만히 바라보다가, 모른 체하면 제풀에 지쳐 가겠지 싶어 그냥 링 위에 풀썩 쓰러져 버렸다. 뒤통수가 바닥에 닿자마자 종일 더위에 시달렸던 정신이 까무룩 가라앉았다.

겨우 네 시간쯤 지난 새벽 5시.

등이 배겨 잠이 깬 온해의 눈에 들어온 건, 목사가 여전히 샌드백 옆에서 쉭쉭 소리를 내고 있는 광경이었다. 이제 막 해가 뜨고 있었다. 어슴푸레 들어온 빛이 목사를 비추었다. 바닥에 생긴 그림자는 샌드백의 것뿐이었지만.

"……지금까지 계속 샌드백 친 거예요?"

온해가 묻자 목사가 "네." 하고 존댓말로 대답했다. 온해는 자기도 모르게 속으로 생각했다. 성실 회원이시네, 아주 성실한 회원님이셔. 저런 성실성은 쉽게 볼 수 있는 게 아니었다. 무언가 뭉클해지려는 찰나 목사가 물었다.

"비염 있어요?"

"네? 네. 근데 어떻게 알아요?"

"코를 너무 심하게 고시길래."

"……뭐래요, 진짜!"

온해는 찔리는 구석이 있어 역정을 내고 말을 이었다.

"왜 나한테 존댓말 해요?"

대답은 어이없었다.

"제가, 패배했으니까…… 스승님으로 모시고 싶어서."

무슨 소리야? 영화 찍어? 온해는 팔에 오르는 소름을 만지며 몸을 부르르 떨었다. 그렇지만 다시 찍찍 반말을 하라고 말하고 싶지는 않았다.


동이 다 터서 사위가 환해지자 둘은 성실히 출근할 김웅민 씨에게 들킬세라 서둘러 302호로 돌아왔다. 온해는 교회 안을 둘러보았다. 교회라기엔 차라리 교습소라고 부르는 게 나을 듯 작은 규모였고, 쥐새끼 하나 얼씬거리지 않았다.

신자들은 이미 다 떠나간 걸까? 온해는 궁금했으나 입 밖으로 내지는 않았다. '목사실'이라 적힌 낡은 문을 열고 안에 들어가 보니 낡은 소파 베드와 냉장고, 전자레인지며 컵라면이 가득한 찬장 따위가 눈에 들어왔다. 목사는 집에선 잠만 자고 여기서 대부분의 시간을 보냈으리라, 온해는 짐작했다. 그리고…….

"어? 이거 비디오잖아요."

"비디오를 어떻게 알아요?"

"뉴진스 뮤비 같은 데 나오니까……. 근데 목사님 뉴진스 아세요?"

묵묵부답. 그럴 줄 알았지.

온해는 무심코, 뮤비에서 봤던 것처럼, 데크에 반쯤 나와 걸려 있던 비디오를 밀어 넣었다. 그러자 입을 꾹 다물고 있던 목사가 대뜸 소리를 질렀다.

"아니, 누가 맘대로 남의 물건 건들래요? 당장 꺼내요! 꺼내!"

그러나 목사의 몸은 정지 버튼을 누르지 못한 채 내내 헛손질을 했고, 온해는 비디오테이프를 꺼내는 방법을 몰랐다. 뮤비에서는 넣는 것만 나왔지 빼내는 장면은 없었으니까.

플레이어와 연결된 작고 뚱뚱한 TV에 흐릿한 해상도의 화면이 출력되었다. 온해는 몹시 놀랐다. 화면에 나오고 있는 건 놀랍게도 사각의 링이었다. 선수 하나는 한국인, 하나는 외국인인 듯했다. 한국인 선수는 온해도 어렴풋이 들어 본 이름이었다. '한치명'. 온해가 태어나기도 한참 전에 딱 한 번 세계 챔피언을 했다던 사람이었나, 그랬다.

"어?"

목사가 법석을 떨든 말든 화면을 골똘히 바라보던 온해가 무언가를 알아챘다. 온해의 눈길을 사로잡은 것은, 아무리 맞아도 절대 물러서지 않고 가드만 올린 채 거머리처럼 상대의 몸 가까이 달라붙는 한치명의 전략이었다. 그 폼이 어제 목사가 링 위에서 무아지경으로 선보이던 섀도복싱과 비슷했다. 자세히 보니 심지어, 잽 네 번에 머리 박고 짧은 훅 두 차례, 그러고서는 상대가 거리를 잡으려 하자 다시 잽을 연거푸 퍼부으며 달려들어 라이트 바디에 레프트 훅, 그러고서는 위빙 두 번 하고 머리 처박으며 투박하게 어퍼컷을 날리는 콤비네이션의 구성이 아예 똑같았다. 목사는 한치명의 모습을 복사한 듯 따라 하고 있었던 것이다.

"그 비디오, 제 거 아니에요."

목사가 옆에서 말도 안 되는 소리를 했다.

"아아, 저희 교회에 미원복싱 다니는 남자애가 하나 있었어요. 걔가 가져다 났나 보지요. 내 허락도 안 맡고. 허허, 잘해 줬더니 아주 교회 기물이 자기 건 줄 알고……."

그러나 온해는 대뜸 목사의 말을 자르며 물었다.

"목사님, 이 경기 다 외운 거예요? 한치명 선수가 하는 동작 다? 1라운드부터 마지막까지 다? 진짜요? 진짜 다 외웠어요?"

목사는 입술을 꾹 말고서는, 온해의 얼굴을 가만히 바라보았다. 온해는 자신의 표정이 어떤지 알지 못했지만, 누군가 그 앞에 손거울을 들이밀면 자기 얼굴을 목도하고선 으악! 소리를 내며 경기할지도 몰랐다. 표정을 숨기고 거짓말을 하는 데 유독 서툴렀기 때문에, 거울 속 온해의 눈은 경이와 존경심을 함뿍 담고 있었을 테니까. 대관절 아무리 좋아하는 선수와 경기라 하더라도, 한 라운드에 삼 분짜리, 총 12라운드 경기를 모두 외우는 게 가능하냐 이 말이다.

온해는, 자신의 분야에서 높이 평가해야 마땅한 사람은 일단 존경부터 하고 보는 성격이었다.

목사가 마침내 입을 열어 물었다.

"……섀도복싱 똑같이 따라 했다는 거, 어떻게 알았어요?"

"목사님, 저 무시해요? 저, 현직 선수에다 나름 코치거든요? 보면 알죠."

목사는 다시 한참을 주저하는 듯 몇 번이고 붕어처럼 뻐끔거리기만 하더니, 결국 속삭이듯 실토했다.

"……다 외웠어요. 그 경기만 외운 것도 아니고요. 다른 경기들도 다 따라 할 수 있어요."

그러더니 등을 돌려서는 사무실을 나가 교회 안을 바삐 청소하는 척하는 것이었다. 우스운 일이었다. 유령이 되어서 청소를 어떻게 해.

뒤통수를 가격당한 것처럼 잠시 꼼짝 않고 앉아 있던 온해는, 정신이 들자마자 삐거덕거리며 고개만 살짝 돌려서는, 사무실의 책꽂이를 다시 쳐다보았다. 알아채고 나니 더 많은 것이 훤히 보였다. 수많은 비디오들. 라벨에 적힌 날짜와 이니셜들. 아무 자각 없이 지나쳤을 땐 그게 그저 목사님 설교용 자료이겠거니 여겼다.

그러나 지금 보아하니 그 날짜들은 모두, 아빠가 가끔 이야기하던 한국 복싱의 황금기에 몰려 있었다. 1970년대부터 1980년대까지. 이니셜 역시 선수들의 이름일 가능성이 높아 보였다.

온해는 사무실을 나갔다. 목사는 손으로 창문을 닦는 척하고 있었다. 온해가 큼큼, 소리를 냈다. 돌아보는 목사에게 온해가 물었다.

"목사님⋯⋯, 혹시 저 가출해 있는 동안요, 복싱, 저한테 배울래요? 제가 나이는 어려도요, 커리어는 나름 괜찮걸랑요. 전국 대회에서 메달 네 개나 땄어요. 아직 금메달은 없지만. 개학하면 청소년 국대 결정전도 나갈 거고요."

국가대표 결정전에 나가려면 가출을 끝내야만 하겠지만.

"저는 너무 좋죠, 스승님. 그런데 왜요?"

목사의 물음에 온해는 대답했다.

"겸손하고 성실한 회원님은 하나라도 더 가르쳐 드리고 싶은 법이니까요."

온해와 목사는 일종의 계약을 맺었다. 낮에는 서로 자유 시간을 가지다가, 체육관이 문 닫고 난 후가 되면 301호로 함께 들어가 훈련할 것. 자정부터 오전 1시까지는 온해에게 가르침을 받는 시간. 나머지 시간에는 온해가 링 위에서 퍼질러 자는 동안 목사가 개인 연습을 하며, 동이 트면 함께 302호로 돌아오기로 했다.

자유 시간에도 302호에 쭉 상주해도 괜찮다고 목사는 덧붙였다. 목을 매달기 전 지금까지 밀렸던 월세를 모두 송금했으므로 한 달간은 누구도 방해하지 않을 거라고. 그 말을 하는 표정이 어찌나 아무렇지 않은지, 오히려 온해가 당황해 입을 꾹 다물 정도였다.

낮 시간, 온해는 소파 베드에 흐물흐물 누워 목사가 수집한 비디오들을 찬찬히 재생해 보았다. 하나도 빠짐없이 다 복싱 경기 녹화본으로, 대다수는 한치명 선수의 출전분이었다. 그 어떤 선수보다도 각별히 애정을 쏟는 대상인 모양이었다. '좋아함' 정도가 아니었다. 이건 거의, 세기의 사랑. 다른 경기의 몸놀림도

다 외우고 있다는 목사의 말은 허풍이 아니었다.

그렇게 시간을 축내다가, 밤이 되고 아빠가 퇴근하는 소리가 들리면 301호로 넘어갔다. 원래 회원을 가르칠 땐 "거울을 보며 자세 교정하세요."라 말하고는 하지만 목사의 모습은 거울에 비치지 않았다. 그러니 온해가 눈 떼지 못한 채 내내 한 동작 한 동작을 다 체크해 줘야 했다.

회원 하나를 이렇게 밀착 지도한 것은 난생처음이었다. 아빠도 딸인 온해에게 이렇게까진 안 했겠지 싶었다. 반갑게도 목사는 극도로 성실한 학생이었다. 온해의 가르침과 지적을 스펀지처럼 빨아들였다. 게다가 목사는 복싱 훈련에 최적화된 몸을 가지고 있었다. 땀 흘리지 않는 피부, 거칠어지지 않는 숨. 무엇보다, 목을 매고 죽은 탓에 고개가 비정상적으로 꺾인 게 최고였다. 잔뜩 웅크린 채 턱을 한껏 가슴팍 쪽으로 당겨야 하는 복싱의 기본자세에 최적화된 골격이었다.

문제가 있다면 단 하나. 정작 목사의 주먹으로는 그 어떤 것도 타격할 수 없단 사실이었다. 그러나 거기까지 생각해 해결책을 찾아 주기엔, 온해는 저 요상한 유령의 세계에 대해 아는 것이 하나 없었다.


목사와의 훈련을 시작한 지 나흘째.

오후쯤 301호에 경찰 몇이 요란하게 드나들었다. 출입문 앞에서 나누는 대화를 몰래 듣자니, 아빠는 온해가 사라진 지 스물네 시간도 되기 전에 이미 경찰에 실종 신고를 한 모양이었다. 그러나 경찰은 단순 가출일 가능성이 높다며 사안을 며칠이나 묵혀 두었다고 했다.

그리고 마침맞게, 운동은 안 하고 경찰들을 빤히 구경하던 초등학생 무리 중 한 아이가 신발장 앞에 서서 이상한 소리를 떠벌렸다.

"관장님이 아동 학대했다는데요? 어떤 아줌마가 우리 엄마한테 그랬대요!"

잠시 침묵이 지나간 후, 퍽 나이 들게 느껴지는 목소리의 경찰 하나가 말을 이었다. 음성에 세월이 묻어 있는 만큼 말투가 노련해서, 302호 출입문 뒤에 숨은 채 엿듣던 온해의 귀에도 주먹처럼 쿡쿡 박혔다.

"선생님, 실은 저희가 여기 오기 전에 학교를 먼저 갔었습니다. 따님이 가정에서 학대를 당했다는 증언을 이미 들은 후입니다. 그러니 설명을 좀 해 주셔야 할 것 같은데요. 정말로 따님이 새벽 6시부터 훈련을 하고 싶어 했나요? 정말로 따님이 자정까지 코치로 일하기를 원했나요?"

온해는 듣자마자 출입문 밖으로 뛰쳐나가 아빠를 변호하려 했다. 그러나 이어지는 경찰의 말에 멈추었다.

"관장님, 솔직히 말씀드릴까요? 부모한테 너무 오래 구속받던 애들은요, 잘 모릅니다. 학대받는다고 판단하지도 못했을 거예요. 그러다 깨닫고 나니까 집 나간 거 아닐까 싶습니다. 집 나간 거면 차라리 다행이겠죠. 강력 사건은 아니니까요. 관장님, 그러니까 일단 인정하시죠. 받아들이셔야 합니다. 관장님으로부터 따님이 상처를 받았단 걸 말이에요."

아빠는 폭주했다. 내 딸이 절대 스스로 집을 나갔을 리가 없다고, 그런 아이가 아니라고, 눈앞에 있는 경찰들을 모조리 고소하겠다며 온갖 욕설을 퍼부었다. 그 욕설이 너무 서툴러서, 누가 들어도 평생 욕 한 번 안 한 사람의 일탈 같았다. 온해 역시 아빠가 욕하는 건 처음 들었다.

그토록 올곧던 아빠가 저런 상스러운 말을 쓴다. 동네 아저씨들로부터 법 없이도 살 사람이라는 평을 받는 아빠가 경찰들을 위협하고 있다.

그렇게 자각하자 갑자기, 두려움이 엄습했다. 방금까지만 해도 얼른 집에 돌아가 이 상황을 정리하겠다는 생각이었는데, 자신이 가출한 게 사실이며 아빠의 무한한 신뢰를 어겼다는 것을 아빠가 알게 되는 미래가 죽기보다 무서워졌다. 진상을 안다면 아빠는 부끄러울 테지. 사람들 앞에서 얼굴을 들 수 없을 정도로 상처받을지도 모른다.

이젠 정말 아빠 앞에 나설 수 없을 것 같았다.

그래도 좋은 게 있다면 라면이었다. 아빠는 건강에 좋지 않다며 라면을 절대 못 먹게 했다. 그런데 이젠 302호의 목사실에 가득한 컵라면이 모두 온해의 몫이 되어 버렸다. 라면은 먹어도 먹어도 질리지 않았다. 심지어 종류가 어쩌나 다양하게 있는지. 매운 라면을 먹으며 눈물을 질질 짜고 콧물을 훔칠 때면, 눈앞에 산적한 두려움과 막막함을 잊을 수 있었다.

또 좋은 것 하나. 아빠는 밥 먹을 때 TV나 핸드폰을 보는 걸 금지했는데, 지금은 원 없이 시청이 가능했다. 비록 핸드폰 데이터가 없어서 교회의 뚱뚱한 브라운관 TV밖에 볼 수 없었으며, 교회 TV에는 그 어떤 채널도 연결되어 있지 않았지만. 결국 온해는 라면을 먹을 때마다 목사가 모아 둔 비디오들을 하나나 재생해 밥 친구로 삼았다. 화질이 조악해 눈이 아프다고 목사를 타박하긴 했으나, 실은 굉장히 재미있었다. 아는 게 많으면 보이는 것도 많은 법이라 더 그랬다.

어느 날부터인가는, 온해가 라면 물을 받을 때부터 목사가 미리 소파 베드에 앉아 대기를 하고 있었다. 온해가 복싱 영상을 보며 신명나게 내뱉는 해설을 듣기 위해서였다.

"아! 목사님, 좀 비켜요!"

뜨거운 물이 담긴 컵라면을 조심조심 들고 오던 온해가 빽 소리를 지르면 목사는 귀를 후비며 살짝 옆으로 물러서곤 했다. 그러고서는 오늘 날씨가 이러하니 모월 모일의 경기를 보면 어울릴 거다, 하고 추천까지 하는 것이었다. 덥고 그늘 한 점 없는 날에는 깔끔하게 5라운드 만에 KO로 끝난 경기를, 비가 마구 와서 몸이 축축 처지는 날에는 12라운드 내내 유효타를 수없이 주고받는 혈투를 선택하는 식이었다. 큐레이션을 어찌나 잘하는지 지루한 경기가 하나도 없었다.

또 목사는 한치명이 보기 좋게 패한 경기들 역시 모아 놓고 있었다. 팬이라면 외면할 법도 한데.

"이상하다, 다른 훅은 다 견뎠는데, 왜 저 훅에 갑자기 쓰러지지? 목사님, 그 이유 알아요?"

온해가 물으면 목사가 벌떡 일어나 말했다.

"스승님, 저게 체크 훅이라는 거거든요? 잘 보세요. 되감기 몇 초만 해 보세요."

다시, 반복해 보았다.

"원래 훅은 손을 가로로 틀어서 치게 하잖아요, 그런데 자세히 보세요. 저 외국인 선수가 훅을 세로로 치잖아요?"

"오, 그러네요."

"저렇게 세로로 치면 무슨 일이 생기겠어요?"

"……똑같은 거 아닌가요?"

"아니죠, 아오! 저렇게 치면요, 따로 팔을 빼서 돌릴 필요 없이 주먹이 바로 나가니까 가속이 더 붙는다고요. 장전 시간이 짧으니까 한치명 선수는 더 당황하고. 다운당하고 나서 저 눈

봐요. 자기가 뭐에 다운당했는지도 모르는 거야. 저 당시 우리 나라 지도자들은 저 기술을 아무도 몰랐다는 거예요. 나, 원 참."

그러고는 벌떡 일어서서는 온해에게 자신을 따라 하라고 성화하는 것이었다. 온해는 엉거주춤 일어섰다. 목사가 주먹을 쥔 채로 허리를 크게 틀며 팔을 갈고리 모양으로 뻗었다.

"한 번은 가로로, 한 번은 세로로. 어때요, 파워가 확 차이 나죠?"

목사의 말에 온해는 그저 눈을 끔벅거렸다. 누가 봐도 알아먹은 표정이 아니었다.

"하, 진짜!"

목사가 버럭 소리를 지르고서는 온해의 팔을 당겨 폼을 교정해 주려 들었다. 그러나 목사의 손은 허공을 가를 뿐이었다.

"몰라도 좋아요. 이게 센 건 확실하니까. 오늘 밤에 가서 체크 훅 연습하는 거예요, 알겠죠?"

"……내가 스승인데 왜 나한테 뭘 시켜요?"

온해는 목사를 노려보았다. 깨끗하게 씻은 컵라면 용기를 목사 쪽을 향해 던졌다. 가시가 듬성듬성 난 나무젓가락도 목사의 몸을 향해 꽂으려 노력해 보았다. 위협이 될 리 없는 행위였다.

그래도 실은, 연습해 볼 마음이 분명히 있었다. 왠지 아빠라면 절대 저런 변칙을 모를 것 같으니까 더더욱.

지금 이 테이프는 한치명 선수의 커리어를 무너뜨린 문제의 경기였다. 분명 맷집이 장점인 선수였는데, 비참한 다운을 몇 번이고 당했다. 결국 심판이 경기를 중단시켰다. 눈이 다 풀렸으니 당연한 결과였다. 실제로 그 후 한치명은 이전의 명성을 잃은 채 그저 그런 복서로 전락해 은퇴했다고 목사가 추가로 설명했다.

한치명의 열성팬인 목사이니 체크 훅인지 뭔지에 열을 올리는 것도 어찌 보면 당연했다.

302호의 출입문 앞에는 교회에서 놓은 작은 나무 벤치가 하나 있었는데, 신자가 거의 없었으므로 벤치는 거의 체육관에 아이를 데려다주러 온 학부모들의 만남의 장이 되곤 했다. 이전의 온해는 그 벤치에서 떠드는 소리가 고스란히 교회 안으로 왕왕 울려 퍼진다는 사실을 알지 못했다.

"그런데 관장 딸내미, 진짜 큰일 난 거면? 그러면 어떡할 건데? 다치거나 죽기라도 했으면?"

누군가 말하면 다른 사람들이 맞장구를 쳤다. 어느 순간부터 사람들은 신나게 비극을 상상했고, 온해의 불행에 대한 상상은 대화를 허겁지겁 먹어 치우며 자라났다. 온해는 사람들이 그걸 즐긴다는 사실을 불현듯 느꼈다.

온해가 차가운 벽에 귀를 댄 채 그 얘기들을 듣고 있노라면, 목사가 등 뒤로 다가와 말하곤 했다.

"덥다, 더워요."

온해는 뒤돌아서 핀잔을 줬다. "유령이 왜 더워요? 어떻게 더워요?" 하고. 하지만 목사는 하라는 답은 하지 않고 대신 이렇게 말했다.

"스승님, 에어컨 틀어 주세요."

그러면 온해는 저벅저벅 에어컨 쪽으로 가서 전원 버튼을 누르고, 그제야 제 겨드랑이며 등판이 축축하게 젖었다는 사실을 깨닫는 것이었다. 열받아서, 화가 나서 뻘뻘 흘린 땀을 본인도 몰랐다.

시원한 바람이 나오는 에어컨의 날개를 한껏 아래로 내린 후 등을 말리고 있으면 목사가 슬그머니 와서 옆에 섰다.

"목사님도 더위 많이 타요?"

"네, 스승님. 그렇습죠."

"언제까지 존댓말 쓸 거예요? 제발. 놀리는 것 같다고요!"

"예부터 스승님 그림자는 밟지도 말라고……."

"됐고요."

온해는 목사의 등을 한 대 치려다, 불가능하다는 걸 깨닫고는 손을 내렸다. 그러자 잠시 어색한 침묵이 돌았다. 온해는 발을 두어 번 구르고, 큼큼 소리를 내며 목도 가다듬어 보다가, 목사 쪽으로 몸을 아주 약간 기울이고서는, 목사에 대해 가졌던 숱한 의문 중 하나를 아무것도 아닌 것처럼 슬쩍 던져 보았다. 그래야 자기 처지와 끝없는 고민을 잊을 수 있을 것 같아서였다.

"목사님. 목사님은 왜 목사가 됐어요?"

"네?"

목사가 화들짝 놀라며 반문했다.

"착하게 살고 또 사람들을 착하게 만들고 싶어서 목사가 된 거예요? 인류애가 막, 막 넘쳐서 그게 꿈이었어요?"

대꾸는 없었다. 그러나 온해는 목사의 동공이 만드는 미심쩍은 궤적을 확인했다. 이래 봬도 체육관에서 일하는 동안 회원들을 숱하게 상대한 몸이었다. 목사의 달싹거리는 입술 안쪽에는, 하고 싶은 말이 마우스피스처럼 잇몸에 딱 붙어 있을 게 분명했다. 마우스피스를 물면 사람 입이 오리처럼 튀어나온다. 지금 목사의 입도 딱 그 모양이었다.

온해는 뭐라 추궁하려 하다가 마음을 접고 그냥 자리에서 일어났다. 목사실에 들어가 비디오를 틀었다. 어차피 목사가 마우스피스를 물고 있단 사실을 알았으니 언젠가 센 펀치를 날릴 수 있을 거였다. 방심한 선수가 정타를 맞고 마우스피스를 뱉어 버리는 일은 생각보다 자주 있으니까.

그러고는 금세 모든 걸 잊고 비디오 속 경기에 빠져드는 것이었다.

그렇게 목사와 훈련을 시작한 며칠 후, 어두컴컴한 밤.

"여기 신발장에 체육관 열쇠 넣어 놓는 거 모르는 애도 있냐? 바보가 아니면 다 알지. 허술하게 관리해서 들키게끔 만든 관장님이 잘못 아닌가?"

온해는 허, 하고 헛웃음을 토했다. 그러나 오윤아는 아주 당당했다. 18도로 맞춰진 에어컨은 씽씽 돌아가고 있었다. 이번 달 전기세가 얼마나 나오려나, 또 올랐다는데. 온해는 머리를 싸맬 수밖에 없었다.

비디오를 다 보고 라면까지 야무지게 먹은 후 목사와 야간 훈련을 위해 301호에 들어섰을 때, 링 위에는 검은 형체가 웅크리고 있었다. 놀라서 펄쩍 뛰며 목사 쪽으로 고개를 돌렸더니 이미 사라진 뒤였다. 동체 시력이야 알았지만 달리기까지 저렇게 빠를 일인가. 온해는 황당해하면서도, 일단 링 위의 형체를 다시 응시했다. 그리고 그게 누군지 알아보았다.

오윤아. 아빠를 모함한 최초 세력, 학부모 모임에서 학대다 뭐다 이러쿵저러쿵 입방아를 찧은 당사자들의 딸. 미원복싱에 오래 다녔지만 운동은 제대로 하지 않고 매일 친구들과 수다나 떨다가, 고등학교에 가자마자 미련도 의리도 없이 그만둔 많은 변절자 중 하나. 같이 놀던 무리에서도 가장 서먹했던 아이.

그런데 왜 그 오윤아가 여기 있단 말인가? 온해는 자신도 모르게, 아니다, 사실은 원한에 떠밀려서 자고 있는 오윤아의 어깨를 잡아 일으켜 세웠다. 어찌나 정신없이 잤는지 얼굴이며 팔다리 여기저기 자국이 났고 눈곱까지 끼어 있었다.

그러나 막상 오윤아는 태연했다. 당장 오늘 가출했으며, 첫날 잠자러 온 곳이 미원복싱이라나.

"너네 엄마 아빠가 나, 학대당했다고 처음 헛소리한 사람인 건 아냐? 그러면서 어떻게 우리 체육관에 기어들어 올 수가 있냐, 양심적으로?"

온해의 물음에 오윤아가 반문했다.

"아, 씨! 쪽팔려. 그게 무슨 말이야? 왜 또 그랬대?"

"너 몰라? 너네 엄마 아빠가 나에 대해서 뭐라고 소문 퍼뜨렸는지?"

"내가 어떻게 알아? 집에서만 남 욕하더니 이제 밖에서도 그러나 보네. 그리고 솔직히, 부모 잘못이 내 잘못은 아니잖아. 내가 그렇게 얘기한 거 아니야."

정확한 논리였다. 할 말이 없었다. 그래도 감정이 좋아질 리는 만무했다. 그래서 온해는 "그 좋은 부모 버리고 가출이 웬 말이냐?" 하고 비꼬았다. 하지만 오윤아는 뻔뻔하게도 이렇게 대답하는 것이었다.

"그러는 너는? 그렇게 따지면 넌 관장님 버리고 왜 가출했는데?"

기세등등하게 되묻는 그 기세에 온해는 완전히 눌려 버렸다.

어버버, 하며 노려보기밖에 못하자 오윤아는 뻔뻔하게 다시 잠이나 자겠다며 링 위에 누웠다. 그것도 모자라 방해하지 말라는 성화까지. 대체 누가 체육관 주인인 건지. 정말로 가관이었다.

"내가 먼저 물어봤잖아. 왜 가출한 건데?"

온해가 유치한 이유를 걸며 되묻자 귀찮다는 듯 누운 채로 오윤아의 대답이 흘러나왔다. 대충 요약하자면 이랬다. 고등학교 진학하기 전부터 진로 때문에 내내 트러블이 있었는데, 본인 하고 싶은 일에는 좋은 대학 필요 없으니 공부 포기하고 싶다는 폭탄 발언에 부모가 펄펄 뛰었고, 오윤아의 의사와 상관없이 이번 방학 내내 강원도 어드메에 있는 기숙 학원에 입소하기로 되어 버렸다고. 어제가 입소일이었는데 도망쳤으며, 체육관에서는 다녀갔다는 흔적 없이 잠만 잤다가 날이 밝으면 떠날 테니 걱정 말라고 했다.

"어디로 갈 건데?"

온해가 묻자 서울로 갈 거라나. 그러면서 계획을 읊는 것이었다. 고속버스 터미널에서 내려 홍대에 있는 뮤지컬 배우 생일 카페에 갔다가, 그다음엔 성수 어디의 팝업 스토어에 들러 배우에게 줄 선물을 사고, 용산 근처에서 그 배우가 나오는 뮤지컬을 본 후 퇴근길을 기다려 선물을 주고서는, 마지막엔 SNS에서 만난 '덕메'가 사는 서울 근교 거평시에 갈 것이다, 그 친구가 혼자 자취하는 성인이라니 잠도 재워 줄 수 있을 거 같다…….

서울 시민이 들으면 입을 떡 벌릴 정도로 고단한, 서울시 전역을 몇 번이고 가로지르는 계획이었으나, 항만시에서 나고 자란 온해로서는 알 수 없었다. 인터넷으로 만난 친구의 집에 묵는 게 위험하지 않으냐 물으려 했는데, 유령의 교회에 머무는 자신도 딱히 다를 바가 없어 보였다. 그래서 다른 질문을 던졌다.

"뮤지컬이 뭔데? 왜 서울 가서 하는 게 전부 그건데? 너, 뮤지컬 배우 되고 싶어? 공부 포기하고 싶은 게 그래서야?"

동이 트고 나서도 한참 뒤에야 온해는 교회로 돌아올 수 있었다. 교회 문을 빼꼼 열고 들어서니 목사가 우뚝 서서는 허리를 꺾으며 펀치 연습을 하는 중이었다.

"……목사님."

이미 한여름의 햇빛이 창문을 통해 쨍쨍 내리쬐고 있는데 지치지도 않고 다시 연습을 시작하는 목사를 온해가 문득 불렀다. 오윤아와 만난 후 궁금한 게 생긴 탓이었다.

온해는 복싱 외에 딱히 큰 취미가 없었다. 시간이 남으면 게임을 하고, 숏폼을 찾으며 킬킬거리는 게 다였다. 그러니 '꿈'을 쟁취하기 위해 투쟁한다는 가능성을 계산해 본 적이 없었다.

뮤지컬 배우가 되고 싶냐는 온해의 물음에 오윤아는 "미쳤냐? 내가 어떻게 뮤지컬 배우가 돼?" 하고 면박을 줬다. 그러나 아마추어 관상학자 김온해의 눈에는 다 보였다. 거짓말이었다. 결국 오윤아는 금방 실토하고야 말았다. 배우가 못 되어도 좋지만 일단 시도는 해 보고 싶다고. 그러나 지금은 뮤지컬을 보는 것조차 금지당했다고.

"난 솔직히 대학이고 나발이고 관심 없거든? 근데 툭하면 대학 어디 가서 무슨 시험 준비해서 나중에 훌륭한 사람이 되어라, 맨 그런 얘기만."

그러더니 온해를 물끄러미 바라보며 말하는 것이었다.

"저번엔 네 얘기도 하더라? 미원복싱 딸내미처럼 자기가 가고 싶은 진로를 딱 잡고 밀어붙이는 애들은 얼마나 멋지냐, 너도 그렇게 좋아하는 게 분명히 있을 거다. 뭐, 거기까진 수긍해. 근데 그걸 찾을 수 있는 길이 일단 공부랑 대학이래. 엄청 이상한 논리잖아."

온해는 동의하며 조심스레 덧붙였다.

"그런데 너네 부모님이 우리 아빠보고 나 학대한다고 했어. 아까 들었겠지만 혹시 까먹을까 봐."

오윤아는 대답하지 않고서 슬그머니 돌아누웠다. 그러더니 중얼거렸다.

"그러니까 내 말이. 부러우면 부럽다고 말을 하든가, 쪽팔리게 진짜……. 대체 누가 학대를 하는 건데. 맨날 그런 취미는 커서 해도 충분하다, 일단 좋은 대학 가서 그때 보러 다니면 된다……. 아니, 난 공부할 생각 없다고…….”

그렇게 웅얼거리다 잠에 빠져들었던 것이다.

오윤아는 아침이 되자마자 미원복싱에 쳐들어온 부모님에게 연행되어 갔다. 벽 뒤에서 엿들어 보니, 그 SNS 친구라는 ‘덕메’와 연락하느라 핸드폰을 끄지 않은 게 패인이었다.

위치 추적이 저렇게 쉽다니. 온해는 꺼진 지 오래인 자신의 핸드폰을 물끄러미 바라보았다. 절대 켜지 않으리라 재차 다짐했다.


“목사님은 왜 복싱을 좋아하신 거예요? 보니까, 되게 어렸을 때부터 좋아하신 것 같은데.”

그러니까 온해는 오윤아와 목사가 비슷하다고 여겼기 때문에 그런 물음을 던진 것이었다. 자신이 정말 하고 싶은 것을 자꾸 숨기는 것 같아서.

물음을 받은 목사는 더없이 삐거덕댔다. 말하고 싶어 하지 않는 것 같기도 했다. 그러나 온해는 협박했다.

“말 안 하면 아빠한테 돌아갈 거예요. 솔직히 라면만 먹기도 너무 질리고.”

물론 라면은 절대 질리지 않았고 여전히 대단한 산해진미처럼 여겨졌으나, 목사의 답을 듣기 위해서는 이런 식의 거짓말도 가끔은 필요했다.

"저, 어렸을 땐 복싱이 완전 국민 스포츠였어요."

"알아요, 저희 체육관에도 그래서 오는 남자 회원님들 많거든요. 왕년의 복싱 팬."

"그런데 나는 안 좋아했어요. 완전히 무관심했지."

"에? 지금의 모습으로는 상상할 수 없는데요. 그럼 뭐에 관심이 있으셨는데요?"

"관심 있는 게 없었어요."

"네?"

"이미 태어났을 때부터 나는 신학 대학에 진학해서 아버지한테 교회를 물려받는 걸로 정해져 있었어요. 엄청 큰 교회였어요. 거의 중소기업급. 다른 미래는 애초에 선택지에 없었어요. 근데 별로 의문을 안 가졌어요. 편하고 복받은 삶이라고 생각했죠. 사람들이 저보고 다 목사가 천직이라고 그랬어요. 저도 그렇게 생각했고요. 그렇게, 그대로 어른이 되었어요."

"……근데요, 그럼 그 큰 교회는 다 어디 간 거예요?"

"물려받지 못했으니까요."

"왜요?"

"제가 군대를 좀 늦게 갔어요. 신학 대학 졸업하고, 대학원까지 마친 다음 서른이 거의 다 되어서야 입대했죠. 거기서 후임 하나를 만났거든요? 걔는 스무 살이었고, 어렸을 때부터 복싱 선수였다는 애였는데, 제대하면 프로 데뷔해서 뛸 거라고 하더라고요."

"와, 그때면 우리나라 복싱 전성기 시대인데. 되게 잘하는 선수였을 거예요, 아마."

"네, 내무반의 모두가 그 후임에게 복싱을 배우기 시작했죠. 저도 어영부영 휩쓸려 시작했는데, 엄청 재밌더라고요. 그 후임 성격이 워낙 바르고 깍듯해서 더 좋았어요. 게다가 되게 잘한다고 칭찬을 막 해 주더라고요."

"목사님, 실제로 재능 타고나셨어요. 천재 수준은 아니지만 적당히."

진심이었다.

"그런데 내 사춘기가, 그때 왔어요."

"네?"

"뭐가 문제였는지 모르겠어요. 그 칭찬이 시작이었을까? 계속 배우다 보니 복싱이 너무 재밌어졌어요. 제대해서 다시 종교인으로 돌아간다는 생각을 하니까 숨이 턱턱 막히기 시작했고요. 그 후임이랑 매일 훈련하고 복싱 얘기만 하고 싶은데, 그럴 수가 없으니까."

"목사가 되어도 체육관엔 다니실 수 있었을 거 아니에요?"

온해는 물으면서도 속으로는, 목사와 복싱이라니 정말 물과 기름보다도 어울리지 않는다고 생각했다.

목사는 고개를 저었다.

"집에서 용납하지 않았을 거예요. 한눈팔 것들은 다 원천봉쇄하시던 분들이니까. 그리고 저한텐 그 후임이 꼭 필요했어요. 반드시."

"아, 그렇죠. 선수에겐 잘 맞는 코치가 너무나 중요하니까."

"전역일이 다가올수록 우울해지다가 갑자기 이상한 결론을 내리고 말았죠. 저 후임이 문제다, 내 심리를 교묘하게 움직이고 있다. 쟤가 없다면 나는 방황하지 않았을 텐데. 그래서 괴롭히기 시작했어요. 사람들은 처음엔 저 샌님 신학도에게 저런 면이 있었나 놀라더니, 곧 재미있다며 합류했어요. 원래 그때 군대에선 가혹 행위 같은 건 넘쳐났고, 하필 내가 맞선임인 데다 걔 군번이 꼬여서, 걔는 남들보다 두 배는 더 오랫동안 막내 생활을 했거든요. 내내 나한테 괴롭힘당하면서. 지금 생각하면 내가 진짜 악마 같았어요. 어떻게 하면 남들과 다르게 괴롭힐까, 어떻게 하면 더 재미가 있을까 맨날 생각했거든요. 근데 그러면서 잠들기 전엔 뉘우치고, 하나님한테 기도를 하는 거예요."

온해는 목사를 멍하니 바라보았다. 그러고 보니 잊고 있었다. 이 목사, 어지간히 아빠를 괴롭히던 사람이었지. 매일 하루도 빠지지 않고 똑같은 시각에 성실하게 문을 두드리고서는 회원들이 있든 말든, 아빠가 바쁘든 말든 말도 안 되는 역정을 내던 사람. 그 근성으로 스물네 시간 함께 생활하는 누군가를 괴롭혔다면, 당하는 이는 정말이지 끔찍했을 터였다. 온해는 눈을 가늘게 뜨고 팔짱을 꼈다. 목사에게 조금씩 쌓아 왔던 호감이 다시 우르르 무너지려 했다.

"……대체 왜 그랬는데요?"

온해가 물었으나 목사는 대꾸하지 않았다. 제자 주제에 스승의 말을 이렇게 씹으려는 건가. 그래서 온해는 더 세게 나가 보기로 했다. 괘씸했으니까.

"그렇게 괴롭히고 기도하면 죄가 없어져요? 우리 아빠한테 하듯 그렇게 성실하게 괴롭혔어요?"

역시나 묵묵부답.

"솔직히 말할까요? 난 목사님이 무슨 심리였는지 알 것 같아."

온해는 입을 비쭉거렸다. 눈앞에 목사를 닮은 회원들의 얼굴이 줄줄이 지나가는 듯했다.

"우리 체육관에도 그런 회원님들 있거든요. 어차피 주먹으로 맞서면 질 게 뻔한데, 자기가 돈 주는 사람이니까 위에 있다고 생각하고 어떻게든 코치를 이기려 드는 회원님들이요. 복서가 자기한테 쩔쩔매고 지는 꼴이 그렇게 통쾌한가 봐요. 목사님도 그랬던 거죠? 밖에서 보면 눈부터 깔고 피해야 되는 사람을 괴롭힐 수 있으니까, 그게 짜릿했죠?"

"……아니에요."

"아니면 뭔데요?"

"……그 후임처럼 되고 싶었어요. 그 후임의 동료 복서가 되고 싶었어요. 근데 그 후임은 그렇게 생각하지 않는 게 분명하니까 화가 났어요."

물론 복싱이 좋았단 거, 목사의 모습을 보면 백번 이해 가는 얘기였다. 자정부터 동틀 때까지 한 동작만 반복해 연습하는 집념은 아무나 가지는 게 아니니까. 죽은 몸이라 피로도 모르고 숨도 안 찬다 하더라도, 집념이란 그런 물리적 능력과는 아예 다른 차원의 능력이었다. 물리적 재능이 있어도 꾸준함은 획득할 수 없다.

하지만 반박할 수 없다고 해서 동의하기엔 또 언짢았다. 남 괴롭힌 얘길 저렇게 당당하게 말하는 심리도 이해하기 힘들었다. 물론 목사의 심기를 거슬렀다가 쫓겨나기라도 한다면 당장 갈 곳이 없었지만, 그래도 아무 말 못 들은 듯 저런 악한과 예전처럼 희희낙락할 수는 없는 노릇이었다.

젠장, 그냥 말하지 말지. 온해는 속으로 목사를 타박했다. 그냥 아무 얘기 하지 말지, 매일 밤 기술 가르치고 훈련시키는 게 얼마나 재미있었는데. 소질도 있고 겸손하며 성실하기까지 해서, 정말이지 코치 일을 시작한 이후 처음으로 가르칠 맛이 잔뜩 나는 회원님이었는데, 그런데 왜 묻지도 않은 얘길 해서는⋯⋯.

목사와의 협력 관계가 끝장난다면 잃는 게 무엇일까. 일단은 교회에서 더는 머물 수 없게 되겠지. 꽤 뼈아픈 손실이었으나,

어쨌든 밤엔 체육관에 와서 잘 수 있으니 낮 시간만 밖에서 버티면 될 터였다. 그럼에도 목사를 놓고 싶지 않은 자신의 마음을 들여다보니 온해는 그것보다 큰 문제가 존재한다는 사실을 깨달았다.

즐거움.

그게 문제였다. 누군가와 함께 있으면서 이렇게 재미를 느낀 적이 있던가. 되짚어 봐도 찾기 어려웠다. 학교에서 잠으로 시간을 때울 때는 그런 식으로 시간을 날려 먹는 게 아까웠고, 아빠의 지도대로 훈련할 때는 너무 익숙한 일상이라 아무런 감상도 들지 않았으며, 체육관에서 아르바이트로 일하면서는 재미있다기보다는 그저 미래를 위한 준비 과정에 있다는 생각으로 임했다. 물론 그 사이사이 소소한 즐거움이 없는 건 아니었지만, 광대가 아프도록 함박웃음을 짓거나 무언가를 한껏 기대해 본 적은 없었다.

반면에 목사와 함께 그 옛날의 복싱 영상을 보며 연구할 때, 목사가 온해의 지적을 찰떡같이 알아듣고 자세를 고칠 때, 이 라면과 저 라면을 섞어 먹으면 얼마나 맛있는지를 굽은 목에 핏대 세우며 설명할 때 온해는 크게 웃었고, 또 곧 찾아올 미래를 기대하곤 했다.

미래를.

하지만 온해는 302호를 나가기로 결정했다. 목사의 고백에 정이 뚝 떨어진 탓이었다. 이렇게 불편한 마음으로 목사와 함께 있고 싶지는 않았다. 폭염이 기승을 부리는 날씨였지만 해 피할 그늘은 찾을 수 있을 것이었다. 가령 오래된 아파트의 층계라든 가, 인적 드문 놀이터의 정자라든가.

자정이 넘기를 기다렸다. 아빠가 마감 청소를 끝내고 퇴근한 후, 서서히 짐을 싸기 시작했다. 벌써 이 공간에 익숙해져 물건을 잔뜩 늘어놓았기에 물건을 다 찾아 더플백에 집어넣는 것에 꽤 오랜 시간이 걸렸다. 구석에 웅크리고 앉은 목사가 눈알을 굴리는 걸 느낄 수 있었지만 모르는 척했다. 물건을 다 챙겨 넣고는 영차, 하고 더플백을 들어 어깨에 멨다. 마지막으로 전원 꺼진 핸드폰을 챙기고 목사 쪽을 돌아보았다.

"저기요. 저, 가요."

목사가 입술을 꾹 말았다. 껍질이 잔뜩 일어난 그 입술과, 너무 길게 늘어져 그 사이로 삐죽 나와 있을 수밖에 없는 혀끝을 보며 온해는 다시 한번 인사했다.

"그동안 감사했습니다. 에어컨 팡팡 틀게 해 주신 것도 고맙고, 안 굶게 해 주신 것도 진짜 감사했고요. 이 은혜는 나중에 어떻게든 갚을게요."

아차, 유령에게 '나중'이 있긴 한가. 온해는 실언했다는 생각에 일부러 목소리를 더 키웠다. 원래는 인사만 하고 나가려 했는데, 사실은 정말로 하고 싶던 말이 있었다. 지금까지 매 순간 느꼈으나 결코 하지 못한 말이자 정말로 마음이 동하지 않고서는 하지 않는 말.

"그리고 목사님, 아니, 목사 하기 싫다고 하셨으니까, 회원님이라고 부르죠. 회원님에겐 재능이 있으세요, 아주 많이요. 워낙 성실하시니까 앞으로 더 겸손하게 임하시면, 좋은 복서가 되실 것 같아요. 아마 그 후임도 분명 그렇게 생각했을 거예요."

회원을 계속 출석하게 하려고 서비스업 종사자처럼 으레 하는 입발림이 아니라 정말로 진심이었다. 왜냐하면 지금 온해는 목사를 떠나고 있으니까. 다시 보지 않을 각오로.

"같이 훈련하면서 되게 기뻤어요, 많이 느셔서. 훈련하시는 거 계속 볼 수 있다면 참 좋을 텐데, 제가 속이 좁아서 그게 안 되네요. 죄송해요, 근데 제가 기본기는 잡아 드렸으니까 이제 저 없이도 훈련하실 수 있을 거예요. 그리고요, 앞으로는 누구 괴롭히지 마세요."

그러면서 저벅저벅 걸어 나갔다. 제멋대로 느려지려는 걸음을 채근했다. 상상했다, 마치 섀도복싱을 하는 것처럼. 만약 목사가 내 앞을 가로막으면 어떻게 하지. 화를 낸다면? 바짓가랑이를 붙든다면? 잘못했다고 무릎을 꿇는다면? 상처받았다며 눈물 그렁그렁한 표정으로 애달프게 인사를 한다면?

그럼 난 어떤 행동을 취해야 하지? 온해는 출입문의 손잡이를 잡고서는 한숨을 한 번 쉬고, 몸에 힘을 주어 문을 밀기 전 목사 쪽을 슬쩍 돌아보았다.

목사는 온해에게서 등을 돌린 채, 예배실 한가운데 동그마니 서서는 멍하니 어딘가를 바라보고 있었다. 온해는 그게 정확히 어디인지 알았다. 목사가 죽었던 곳. 축 늘어진 몸을 한 채 허공에서 흔들거리던 바로 그곳이었다. 그러더니 갑자기 어디서 났는지 줄을 들고서는 자기 목에 천천히 감았다.

"진짜 못 살아, 내가!"

온해는 저벅저벅 목사에게로 가서는 등을 후려쳤다. 역시나 허공을 가를 뿐이었지만. 목사가 온해의 얼굴을 보고서는 "스승님!" 하고 불렀다. 온해는 일부러 팩 고개를 돌렸다.

"스승님, 제가 정말 쓰레기 같죠?"

"딱 가해자다운 말이네요."

"……내가 이런 몸이 되어 버려서, 어떻게 반성해야 할지 모르겠어요."

움찔. 저런 말에는 대체 어떻게 대처해야 할지 방도가 없었다. 온해는 머리를 헤집으며 신음했다. 그러다 조금 편하게 마음을 먹었다. 어차피 아직 밤은 많이 남아 있었고 동이 트기 전까지만 나가면 아빠에게도, 상가 사람들에게도 들킬 일이 없었다. 온해는 무거운 더플백을 털썩 내려놓고 주저앉아 아빠 다리를 했다. 목사도 똑같이 앉았다.

"아직 안 나가겠다는 건 아닌데요. 하고 싶은 말씀 있음 더 해 보세요."

온해가 말하자, 목사가 손가락을 꼬물거렸다. 그러면서 한참을 망설이더니, 입을 열었다. 그런데 그 입에서 나온 건 자신에 대한 이야기가 아니라 온해에 대한 질문이었다.

"스승님은 원래부터 꿈이 복서였어요?"

온해는 뜨악한 표정으로 대답했다.

"원래부터 꿈? 그런 게 어딨어요? 그냥 아빠랑 계속 운동하다 보니까 이 길로 오게 된 거지. 목사님이 목사 된 것처럼 자연스럽게요."

"그래도 좋아하고 잘 맞는 거 아니에요? 전국 대회에서 은메달도 몇 번을 땄을 정도면."

"에? 아아……. 뭐, 그래도 아직 우승은 못 했잖아요."

"그런데 어떻게 매일 그렇게 훈련을 해요? 새벽에 로드워크 뛰고 오후에 아빠랑 세 시간 운동하고. 일요일밖에 안 쉬면서 그렇게."

"습관이니까요, 그냥. 워낙 어렸을 때부터 해서 이젠 별로 힘들지도 않아요."

"만약 나중에 다른 일이 좋아진다면 어떻게 할 거예요? 갑자기 아이돌이 되고 싶어진다거나, 아니면 뭐, 다른 종목 운동선수가 되고 싶다거나. 그런데 이미 늦어 버렸다면, 그러면 어떻게 할 거예요? 저처럼 나중에 새로운 꿈이 생길 수도 있잖아요."

이것만큼은 자신 있게 답할 수 있었다.

"꼭 꿈이 필요해요? 사실 전 그냥 하루하루 상처받지 않고 살고 싶어요. 그것도 엄청 힘들거든요."


온해가 곰 같은 아이가 된 것에는 분명 아빠를 닮은 탓도 있겠으나, 어렸을 때의 영향도 있었다.

미원복싱을 차리기 전, 아빠는 다른 체육관에서 코치로 일했다. 숙식을 할 수 있는 공간도 딸린 꽤 큰 체육관이었다. 부녀는 온해가 갓난아기였을 때부터 그 체육관에 신세를 졌다. 혼자 일을 하면서 아기까지 돌보기는 불가능한데 아빠에게 따로 아기를 맡길 혈육이 있는 것도 아니었으므로, 숙식을 제공하는 체육관을 간신히 찾아서 관장과 타협을 했던 것이다. 월급은 대폭 깎였으나 아기를 돌볼 수는 있었다.

그리고 딱 십 년 전, 온해가 일곱 살이었을 때 아빠는 죽어라 모은 돈으로 체육관을 차렸다. 항만시를 벗어나지는 못했으나, 그때껏 일했던 체육관과는 최대한 먼 미원2동이었다. 미원복싱이라는 간판이 번쩍번쩍 올라가던 날을 온해는 기억한다. 아빠는 온해의 손을 잡고 말했다.

"일 년 만 더 체육관에서 살자, 일 년 만 더. 그다음엔 행복하게 우리 집으로 가자."

"나는 체육관에서 사는 거 행복한데."

온해는 말했다. 이사 오기 전에 다녔던 유치원에서 애들이 내내 자신을 놀려 댔던 것을 기억하면서도. 이사 후에 다닐 유치원에 상담을 하러 갔을 때 원장이 대뜸 "어머, 집 없이 영업장에 살았다고요?"라며 놀란 투로 말하던 걸 잊지 못했으면서도. 그러자 아빠는 온해를 꼭 껴안고는 말했다.

"기특한 내 새끼. 아빠가 미안하다, 정말 미안해."

방 두 개짜리 셋집을 얻는 데는 일 년보다 더 긴 시간이 걸렸다. 온해가 초등학교에 들어가던 날에도 아빠는 온해에게 미안하다고 했다. 학교 보내기 전까지는 꼭 집을 마련해 주고 싶었다며 속상해하는 아빠의 모습을 보고 온해는 얼마나 당황했던가. 아빠는 그런 식으로 감정을 대놓고 드러내는 일이 없었으니까. 게다가 남의 체육관에서 신세를 지던 때보다야 형편이 많이 좋아졌는데, 왜 더 서글픈 듯 보이는지 이해할 수 없었다. 그래서 서둘러 말했다.

"아빠, 난 체육관에서 사는 거 행복하다니까? 복싱이 좋거든."

그러자 아빠는 너무나 기쁘게 웃었다.

물론 아빠가 왜 그런 말을 하며 자책했는지는 어렴풋이 이해했고, 곧 명확히 알게 되었다. 아파트의 브랜드와 집의 위치로 무리를 짓는 아이들 사이에서, 집 없이 영업장에서 사는 온해는 마치 미처 정의되지 않은 외계 개체와도 같았다. 같은 시민이나 동네 사람이 아닌, 사람인 건 알겠으나 내 옆에는 존재하지 않는 것 같은. 그러니 정의되지 않은 개체가 남에게 보여지고, 호명되고, 상처받지 않는 방법은 곰이 되는 것뿐이었다.

열 살 무렵, 처음 방 두 칸짜리 셋집이 생겼을 때 감격한 아빠 옆에서 온해가 멀뚱멀뚱 집을 바라보고만 있던 이유도 그래서였다. 기쁘지 않냐는 아빠의 물음에 너무 좋다고 대답이야 했으나 실은 조금 당황스러웠다. 지금껏 겨우 이것 때문에 곰이었으며, 이제는 곰이 아니어도 된다는 사실이 온해에게는 잘 이해되지 않았다.


온해는 목사에게 어린 시절 이야기를 털어놓고는 덧붙였다.

"체육관에서 살 때는요, 담임 선생님들이 우리 집 사정을 알고서는 맨날 그러더라고요. 원래 복서는 헝그리 정신으로 해야 하는 거라고, 아빠랑 그렇게 운동하는 것도 너무 영화 같고 멋지다고. 실상을 모르고 하는 말이긴 했지만, 그 얘기들이 저한텐 좀 위로가 됐어요. 근데 이제 와서 멋있는 게 아니라고, 이런 삶이 저한테 해롭다고 사람들이 학대니 뭐니 수군거리니까 너무 혼란스러워요, 저는."

에이, 씨! 왜 이런 얘기를 하고 있지? 온해는 다 털어놓고서는 멋쩍은 듯 중얼거렸다. 그러고는 목사를 째려보았다. 분명 목사의 이야기를 들으려고 시작한 대화인데, 어쩌다 보니 또 본인 이야기만 하고 말았으니. 이상하게도 목을 맨 목사를 발견한 그 순간부터 계속 흘리는 기분이었다. 매일 정성 들여 훈련을 시킨 것도, 친구들에게조차 하지 않았던 말을 늘어놓은 것도.

목사는 제 발밑을 내려다보고 있었다. 자기가 해야 할 말이 있다는 건 까맣게 잊은 건지, 일부러 모르는 척하는 건지. 온해 는 목사의 얼굴에 체크 훅을 날렸다. 물론 맞추지 않고 붕 지나 가게 했지만, 사람은 무릇 눈앞으로 무언가가 날아들면 공포를 느끼는 법. 목사가 어깨를 움츠리며 온해를 바라보았다.

온해가 물었다.

"그래서 그 후임을 열심히 괴롭히셨고? 제대하고 나서는 어떻게 됐어요?"

"계속 그 후임 생각을 했어요. 나는 생각 없이 사는데, 그 후 임은 멋진 전투를 벌이고 있는 것처럼 보였으니까요. 나는 완 전 온실에서 살았지. 주변에 있는 사람들도 다 온실 속 화초였 고, 남들도 저를 그렇게 생각했을 거고. 그런데 그 후임 때문에 비로소 내게 결핍됐던 걸 깨달으니까 견딜 수가 없더라고요. 빼 앗을 수만 있다면 다 빼앗고 싶었어요. 가난도, 집념도, 사람들 의 시선도. 그냥 그 사람이 되고 싶었어요. 그래서 복싱을 보기 시작한 거예요. 누구 경기를 봐야 할지도 몰라서 한치명 선수를 골랐어요. 그 후임의 스승이 한치명 선수라고 했거든요. 어떻게든 닮아 보려 한 거죠. 후임은 아직 프로 데뷔를 하지 않았는데, 한치명 선수는 유명 선수라 중계도 많이 해 줬어요.

제대하고 나서는 아버지 교회에서 계속 일했어요. 하지만 방에서는 혼자 몰래 한치명 선수 경기 분석하고, 거울 보면서 똑같이 반복해 보고. 왜 내가 계속 그러고 있는지, 그땐 이유도 몰랐어요.

그러다 어느 날엔가, 한치명 선수가 항만시에 와서 경기를 한다는 거예요. 그걸 보러 갔어요. 아무에게도 말 안 하고 혼자서. 누가 나를 볼까 봐 무서워 얼굴을 최대한 가리면서. 그리고 그 경기가, 한치명 선수가 몰락하기 시작했던 그 경기였어요. 맞아요, 그때 비디오로 봤던, 체크 혹에 당하던 그날.

그날 집에 와서는 미친 사람처럼 온갖 경기 영상들을 다 모았어요. 인터넷이 안 되는 시대였으니까 훨씬 힘들었죠. 그렇게 프로 경기를 보고, 테이프 늘어질 때까지 분석하고. 근데 왜 체육관에 등록을 못 했냐고요? 아버지가 싫어했으니까. 그러니까 나는 내가 손에 쥐고 있는 걸 도저히 포기할 수 없었던 거예요……."

목사는 그렇게 자신이 이루지 못한 꿈을 품은 채로 중년이 되었다고 했다. 몇십 년을 내내, 마음 둘 곳 없는 유령처럼 살면서. 목사는 이유를 더 추가했다. 겁이 났다는 것이다. 그 나이가 되어서도, 아니, 그 나이가 되었기 때문에 더더욱.

"시간이란 게 정말 쏜살같아요. 정신 차리면 오 년 지나 있고요, 또 눈 한 번 감았다 뜨면 십 년 지나 있어요. 어릴 땐 모르지만, 살다 보면 정말 그래요. 그리고 내가 좋아하는 게 뭔지 뒤늦게 알아챘다 하더라도 어른이 되고 나서는 새로 도전하는 게 너무 힘들더라고요."

"그런데 돈은 부족하지 않으셨잖아요, 저랑 다르게. 근데 왜 취미로조차 시도하지 못한 거예요?"

"무섭거든요. 넘어지는 게 무서워요. 자전거 배워 본 적 있어요? 어른이 되어서는 자전거 배우기 어려워요. 쓰러지든 말든 땅에서 두 발 떼고 페달 밟아 봐야 되는데, 겁이 나니까 자꾸만 발을 땅에 대고 멈추게 돼요. 창피하죠. 그러니 안 하게 돼요."

그러고서는 묻는 것이었다.

"저번에 가출해서 왔던 친구, 있죠?"

"오윤아요?"

"네, 걔가 뮤지컬 얘기 했죠?"

"어떻게 아세요? 꽁지 내빼고 도망갔으면서…….."

목사의 귓바퀴가 조금 붉어졌다.

"그 가족이 우리 아버지 교회를 다니거든요. 윤아가 나한텐 자주 얘기했어요. 사실 자기는 실패하더라도 좋으니 뮤지컬 배우에 도전해 보고 싶다고. 그런데 부모님은 자꾸만, 그 길이 얼마나 바늘구멍이고 무명은 얼마나 배고프게 살아야 하는지에 대해 겁만 준대요. 배우 하려는 애들이 얼마나 어렸을 때부터 전문적인 훈련을 받는지에 대해서만 이야기한다는 거예요. 자신은 바늘구멍을 통과하지 못한다 하더라도 정말 상관없는데, 그냥 무명 배우가 되거나 실패하더라도 괜찮은데, 성공하기 힘든 진로는 아예 꿈조차 꾸지 못하게 한다고."

목사가 오윤아를 보고 공감할 법도 했다. 그런데 가출 정도야 이해할 수 있지만, 목사는 죽으려 하지 않았는가. 꿈에 대한 늦은 열망이 스스로를 죽일 만큼 강해질 수 있는가. 온해는 또 의아해졌다. 그래서 물었다.

"정말로 복싱 때문에……, 정말 그것 때문에 목을 맨 거예요?"

그러나 목사가 대답하기 전에 갑자기 교회의 문이 벌컥 열렸다. 사람들이 마구 들어오고 있었다. 온해는 놀라 뒤로 벌러덩 넘어갔다. 들켰다! 경찰이 나를 찾아냈어! 그렇게 생각하며 어디로든 도망치려 했으나, 사람들이 너무 많이 들어오는 통에 틈을 비집지 못했다.

그리고 들어온 이들은 모두 귀신이라도 마주한 듯한 표정으로 온해를 쳐다보았다. 그러나 그 표정에 오롯이 놀라움만 있는 것은 아니었다. 그보다는 당혹스러움이 더 컸다.


왜 가출했느냐, 왜 거기 있던 거냐, 왜 단 한 번도 얼굴을 비치지 않았느냐, 내가 얼마나 걱정했는지, 또 얼마나 너를 믿었는지는 아무런 상관이 없었느냐.

교회에서 발각된 이후 마침내 마주한 아빠는 그런 말을 하나도 하지 않았다. 말을 하는 이들은 온통 다른 사람들뿐이었다.

얌전한 고양이가 부뚜막에 먼저 올라간다더니, 다른 애들은 하지도 않는 가출을 이 주씩이나 했단 말이냐. 목사와는 무슨 관계였느냐. 목사의 헌금함은 왜 열려 있느냐. 목사가 교회에 오랫동안 오지 않을 거라는 사실을 어떻게 미리 알고 숨어든 것이냐, 네가 목사의 부재에 대해 112에 신고라도 했다면 목사는 그렇게 되지 않았을지도 모른다…….

목사는 온해가 본 것처럼 목을 매고 자살을 시도했다.

그러나 온해가 본 것과는 다르게, 교회에서가 아니었다.


그날 교회에 들어와 온해를 발견한 이들은 목사의 가족들이었다. 가족이라고 설명하지 않아도 알 수 있었다. 이목구비가 완전히 똑같이 생겼으니까. 어찌나 유전자가 강한지, 목사를 기본 캐릭터로 둔 채 머리 스타일과 옷을 갈아 끼우는 인터넷 게임을 하는 것만 같았다. 백발에 거구인 목사 1, 진주 목걸이를 한 목사 2, 향수 냄새가 진한 목사 3, 눈물을 줄줄 흘리는 목사 4.

그리고 기억나는 것은, 헤비급[7]은 족히 넘을 목사 1이 성큼성큼 다가와 아주 거센 악력으로 온해의 어깨를 잡아 흔들었다는 것. 어깨가 빠져 버릴 듯한 그 아픔. 이후 주먹이 날아왔고, 온해는 자신도 모르게 그 두툼한 주먹을 피했다. 그거야 매일 하던 훈련이었으니 본능적이었다.

만약 맞아서라도 오해를 풀 수 있었다면 그렇게 했을까. 자신보다 삼십 킬로그램은 더 나갈 사람의 주먹을 맞고 이가 나가도, 눈에 멍이 들어도, 기절을 했어도 오해를 만들지 않을 수만 있다면, 그렇게 했을까. 그게 아직 목숨이 붙어 있다는 목사를 위해 좋은 일이었다면.

교회에 쳐들어온 가족이 경찰에게 한 진술을 통해 온해가 비로소 알게 된 사실.

목사가 가출해 개척 교회를 차린 것은 겨우 일 년 전이라고 했다. 이번이 첫 홀로서기였던 셈이다. 집은 쑥대밭이 되었다. 고이고이 키운 막내 외아들이 왜 가출하는지, 가족끼리 이마 맞댄 채 고민했으나 실마리를 전혀 잡을 수 없었다나. 그렇게 착하고 올곧았던 막내아들이 왜 그렇게 되어야 했는지, 아무리 헤아려도 그저 악마 같은 누군가의 작당으로밖에 파악할 수 없었다.

악마에게 홀린 막내를 위해 기도하는 한편, 가족은 흥신소를 찾아 연락이 두절된 막내아들의 자취방을 알아냈다. 놀랍게도 목사 1의 대형 교회와 멀지 않은 곳이었다. 어머니인 목사 2는 아들이 얼마나 고생이 많을지 걱정되어 눈물 바람으로 보내다가, 마침 아들의 생일이 곧이라는 사실을 깨닫고서는 바리바리

반찬을 했다. 전복에 한우 미역국에 커다란 케이크에, 온갖 좋은 것들은 다 차에 싣고 그곳으로 달려갔다. 이렇게 누추한 집에서 내 아들이 살고 있다니. 목사 2는 눈물지으며 문을 두드렸으나 아무도 대답하지 않았다.

목사 1은 문을 강제로 열려는 목사 2의 시도를 제지했다. 동네 사람들이 쑤군댈 게 두려웠으니까. 아무도 듣지도 훔쳐보지도 못할 안전한 승용차 안에 머무르며 내내 역정을 내다가, 해가 질 때쯤 목사 2, 3, 4에게 다 식어 빠진 음식을 문밖에 놓아두고 돌아오도록 시켰다.

사람들이 경찰에 신고한 것은 나흘 후. 폭염에 다 상해 버린 음식이 악취를 풍기기 시작했을 때였다. 경찰이 문을 따고 들어갔을 때, 목사는 유서를 써 놓고 목을 맨 상태였다.

경찰들은 서둘러 목사의 몸을 끌어내렸다. 목뼈가 잔뜩 굽었으나 불가해한 이유로 아직 맥이 남아 있었다. 목사는 그대로 병원으로 이송되었다.


아빠는 왜 가출했느냐고 묻지 않았다. 아니, 아무 말도 하지 않았다. 경찰서에서 연락을 받고 온해를 데리러 와서는, 그간 심려를 끼쳐 죄송하다며 경찰들에게 머리를 조아렸다. 그러고는 집에 와서 내내 침묵으로 일관했다.

차라리 혼냈으면. 온해는 간절히 바랐다. 차라리 소리를 지르지. 화를 내지. 그러면 뭐라도 해 보려 들 텐데, 아빠는 영혼이 나간 사람처럼 굴었다.

다음 날 새벽, 온해는 벌떡 일어나 운동화를 꿰신고 현관 앞에 우두커니 서서 기다렸다. 달리기를 해야 할 시각이었으니까. 하지만 아빠의 방문은 열리지 않았다. 온해는 계속 기다렸다. 아빠는 9시가 다 되어서야 부은 얼굴을 한 채 나와 온해를 힐끗 바라보더니, 아무 말도 없이 화장실로 들어갔다.

아빠가 출근한 후, 온해도 미원복싱으로 향했다. 그러나 차마 안으로 들어갈 수가 없었다. 아빠의 그 표정, 온해라는 존재가 마치 다른 차원의 유령인 것처럼 대하는 그 표정을 마주하면 살고 싶지 않을 것 같았으니까.

아니다, 그게 아니다. 오히려 아빠가 유령이 된 것만 같았다. 지금의 아빠는 목사보다도 생기가 없었다. 차라리 매일 섀도복싱을 하고 눈이 벌게지도록 비디오를 보던, 혀를 덜렁거리며 굽은 목을 이리저리 움직이던 목사가 더 생기 넘쳤다.

그러나 알고 보니 목사는 유령이 아니었지. 죽지 않았으니.

그럼 대체 뭐였단 말인가?


"진짜 놀라운 게 뭔 줄 알아요? 사람이 목매면 똥이며 오줌이며 밑에 다 주룩주룩 깔리잖아요. 그런데 있죠, 목맨 목사 똥오줌은 완전 다 말라붙었다는 거예요. 전문가들이 보니까 기본 사흘은 됐다는 거죠, 그 배설물이. 그런데 사람은 안 죽었다는 거예요, 그 사흘 동안."

다들 302호 앞 벤치에 앉아 쑥덕거렸다. 다 들리는지도 모르고. 교회에서도 들리던 말들이었으니, 화장실 변기에 앉아서도 엿들을 수 있는 건 당연지사였다.

내가 대체 무엇을 할 수 있나. 온해는 완전한 무력감에 휩싸였다. 훈련도 하지 못하고, 일도 하지 못하고, 말도 하지 못하는 상태. 아빠 눈에 띄지 않도록, 아빠가 출근한 후 미적미적 미원복싱 건물에 가는 것까지는 할 수 있었다. 그러나 체육관에 들어갈 용기는 나지 않아서 계속 냄새나는 화장실에 있었다. 화장실은 숨기 좋았다. 눈물도 바로 씻을 수 있었고, 사람들의 뒷담화도 들을 수 있었다.

"이게 불가사의하단 거예요. 교회 다니는 사람들은 하나님 축복이다, 어쩌고저쩌고하는데 저는 무교라 그런가 안 믿겨요. 솔직히 요새 그런 기적이 어디 있어요? 턱도 없는 얘기고. 미원복싱 딸내미가 이상해요, 가출해서 교회에 있었다는 애. 걔가 대체 목사랑 무슨 관계였냐, 그게 포인트가 된 거예요."

"하긴, 걔가 남들과는 다른 애긴 하지. 대학 안 가고 공부 안 하는 애잖아요? 순진한 척하면서 뒤에서 무슨 짓을 어떻게 했을지 누가 알아요, 여우같이. 곰은 무슨."

그들은 온해를 멋대로 재단했다. '대학 안 가고 공부 안 하는 애'는 그런 일에 휘말려도 놀랍지 않은 거였다. 그래서 마구 공격해도 되는 모양이었다.

사람들은 계속해서 불량 청소년의 스테레오 타입에 따른 소문들을 떠들어 댔다. 미원2동의 마스코트, 겸손과 성실의 아이콘으로 불렸던 김온해가 순식간에 저질 소문의 주인공으로 탈바꿈했다. 사람들은 아주 신난 것 같았다. 그렇게 활기찬 모습은 처음이었다. 그 활기가 어디서 왔을까?

"내, 그럴 줄 알았다니까요. 학생이면 학생답게 공부를 시켜야지, 머리가 텅텅 비었으니 그런 짓을 저지른 거 아니겠어요?"

누군가 그렇게 말하면 다른 이가 뒷받침했다.

"그런 애들 때문에 자꾸만 다른 애들도 현실감 없이 이상한 생각을 가지잖아. 우리 첫째가 맨날 그랬거든요. 자기도 운동해서 대학 가면 안 되냐고, 쉽게 갈 수 있는 대학을 왜 어렵게 가려고 맨날 학원 다녀야 되냐고. 속이 터지는 줄 알았다니까."

"둘째, 다음 달에 체육관 재등록하실 거예요?"

"몰라요, 맘 같아서는 그만두게 하고 싶죠. 그런데 요새 애들이 좀 폭력적이에요? 이거라도 해야 좀 자기 보호가 될 거 같으니까. 아니, 요새 애들 정말 이상해요. 없는 트집 만들어 잡아서는 왕따시키고 못살게 구는 게 취미더라고요."

"스트레스를 그런 걸로 푸나 봐요."

"그런 애들 부모는 애를 대체 어떻게 가르친 건지, 원."

온해는 매일 화장실 좌변기에 앉아 그런 이야기를 들었다. 자신들이 하고 있는 게 왕따보다 더한 폭력이라는 자각을 하지 못하는 사람들의 이야기에 내내 얻어맞았다. 화가 났지만 뛰쳐나가 따질 수는 없었다. 그랬다간 정말로 문제라는 프레임이 견고하게 씌워질 테니까.

온해는 그렇게 사람들의 얘기를 귀 기울여 들으며 서서히 그 심리의 뿌리를 알게 되었다. 아마도 배척. 그리고 배척은 공포에서 비롯되었다. 온해를 가장 놀라게 한 건, 사람들이 김온해를 '무서워'했다는 사실이었다. 보편적인 공부란 걸 하지 않아도 잘 살 아이, 자신이 갈 수 없는 길을 걸어 보고자 하는 아이에 대해 사람들은 용기 있다며 치켜세우는 듯했지만, 막상 뒤에서는 공포 섞인 반감을 무럭무럭 키워 갔다. 그 길이 옳다고 판정된다면 자신의 인생이 부정당하기라도 할 것처럼.

자신이 무서운 존재가 되고 말았다는 토로를 하고 싶었다. 누구에게든 상관없이. 한 명이라도 이해해 줄 수 있는 사람이 있다면. 그러나 아무도 없었다. 학교에 가도 달라지지 않을 듯싶었다. 같이 놀던 무리는 학기 중에 이미 자신을 따돌리기 시작했고, 다른 애들 사이에서도 소문은 엄청나게 퍼졌을 테니까.

심신이 모두 무너지는 중이었다. 누구에게도 말할 수 없고, 그 누구도 이해해 주지 않는 상태는 처음 겪었다. 이전엔 친구가 있었고, 무엇보다 아빠가 있었다. 그런데 모두 잃었다. 가슴에 커다란 종기가 생긴 느낌이었다. 스치기만 해도 몹시 아픈, 노랗게 곪을 생각조차 하지 않고 내내 벌건 종기.

방학이 끝나고 개학을 할 즈음, 벼르고 벼르던 청소년 국대 결정전이 있었다. 솔직히 말하자면, 온해는 아빠가 그 대회를 외면할 수 없기 때문에 자신을 용서할 거라고 믿었다. 아무리 미워도 그 대회에는 데리고 나가야 하니 결국은 침묵을 깰 거라고. 아빠는 복싱에 삶을 건 사람이니까.

그러나 대회 참가 신청 기간이 다 되도록 아빠는 한마디도 하지 않았다. 새벽 러닝 시간에도, 오후 훈련 시간에도, 일요일 가족회의 시간에도 아빠는 자리에 없었다. 계속해서 온해를 유령 취급했다. 눈동자의 초점을 잔뜩 흐뜨리고서 무심히 지나갔다.

하지만 그 대회에는 꼭 나가고 싶었다, 아빠가 없더라도. 아니, 아빠가 없기 때문에 더더욱. 나가서 좋은 모습을 보여 화해할 것이다. 반드시 그래야만 했다.

물론 문제가 있었다. 대회 참가 신청을 위해서는 반드시 성인 보호자의 인적 사항과 인증이 필요했다. 누군가는 코치를, 누군가는 부모를 내세울 터이나 온해에게는 그 두 사람이 동일하게 아빠인 김웅민 씨뿐이었다. 김온해와는 평생토록 절대 말 섞지 않을 것처럼 구는 바로 그 김웅민 씨.

그에게 뻔뻔히 인증을 요구할 용기는 전무했다. 그러나 연중 가장 큰 대회를 이대로 넘길 수는 없었다. 이번엔 정말 우승할 수 있을 것 같았으니까. 목사와도 훈련을 그렇게 많이 했는데.

온해는 핸드폰 연락처를 스크롤했다. 부탁할 사람이 아무도 없었다. 나의 보호자가 되어 줄 누군가가 있나. 온해는 계속 생각했으나 떠오르는 사람이 없었다.

---

1. **계체량** 체급 경기를 할 때 경기에 앞서 선수들의 몸무게를 재는 일.
2. **잽** 스트레이트로 안면이나 몸통을 가볍게 연타하는 일.
3. **원투** 상대편을 왼쪽 주먹과 오른쪽 주먹으로 연이어 치는 일.
4. **스트레이트** 팔을 일직선으로 쭉 뻗어 타격하는 동작.
5. **훅** 팔을 구부린 채 허리의 회전을 이용하여 상대편에게 가하는 타격.
6. **위빙** 상대편의 공격을 피하기 위하여 몸을 앞으로 숙이고 좌우로 흔드는 기술.
7. **헤비급** 선수의 몸무게에 따라 분류한 등급 가운데 가장 무거운 체급.

## 2라운드
### 문정호의 경우

미원복싱의 블로그 방문자 수가 하루에 20이라면 그중 15는 문정호의 것이었다. 문정호는 체육관 홍보를 위해 블로그에 올라오는 훈련 영상들을 모두 몇 번씩 되풀이해 보았다. 거기 가장 많이 등장하는 아이가 하나 있었다. 회원이 남긴 댓글을 통해 그 아이가 후임의 딸임을 알았다. 이목구비부터 기억 속의 후임과 쏙 닮아 있었다.

문정호는 유튜브에서 그 애의 경기들을 찾아보았다. 동년배 중 압도적이지는 않으나 성실히 성과를 쌓아 올리고 있는 듯했다. 손을 자유롭게 움직이며 민첩하게 구는 아이들과 달리 그 애는 항상 우직하게, 가끔은 미련해 보일 정도로 가드를 딱 붙이고 있었다. 제 아버지와 같았다.

성격마저 그 옛날의 후임을 똑 닮은 것만 같은 여자아이의 영상을 보고 있으려니 피부 속 깊숙이 묻어 두었던 그리움과 열망이 별안간 깨어나 땀띠처럼 불그스름하게 올라왔다. 벅벅 긁어 봤자 심해지고 흉이 지기만 하는 걸 알지만 참을 수가 없었다. 열이 나고 속이 쓰리더니, 물도 제대로 마시지 못할 정도로 목구멍이 부풀어 올랐다.

"우리 목사님 어떡해? 너무 무리했나 봐."

아주 어렸을 때부터 아들인 문정호를 목사님이라 불렀던 엄마는 걱정이 이만저만이 아니었다. 기도를 드리고 병원을 오가고 별의별 약재와 동물로 보약을 지어 먹이더니, 급기야는 아버지 몰래 점집에도 다녀온 모양이었다. 그래도 문정호는 나아지지 않았다.

우습다고 생각했다. 나이 서른 다 되어 군대 가서 찾은 꿈을 허깨비라 여기며 잊고 살았는데, 오십 줄에 들어서서 갑자기 다시금 허덕이는 자신이 한심했다. 이젠 이룰 수도 없는 꿈인데. 오십 대 프로 복서? 개뿔, 다들 멋있다고 입발림하고서는 뒤돌아 비웃겠지.

게다가 여든이 다 된 나이에도 꼿꼿한 허리와 형형한 눈빛으로 대형 교회를 이끄는 아버지가 그런 꼴을 감당할 수 있을 리 없었다. 그 교회를 물려받지 못한다면 문정호의 미래에는 그 어떤 희망도 없었다. 문정호란 인물은, 목회자 일 말고는 배운 적이 없는 사람이자, 자기 재산 한 푼 모아 보지 않은 온실 속 화초니까.

사춘기가 나이 오십에 오는 사람이 있나. 문정호는 한탄하고 자책했다. 어떻게든 단념하려고 노력했으나 그럴 수가 없었다. 꿈이란 놈은 어쩌나 잔인하고 끈질긴 건가. 이젠 다 늙어 이룰 수 없다는 걸 아는데도 위를 할퀴고 장을 짓밟았다. 오십 넘은 목사가 복서라는 옛 꿈에 대한 미련 때문에 병이 났다? 절대 토로할 수 없었다.

그런데 어느 날 너무 열이 오른 나머지, 큰누나에게 실토하고 말았다.

"누나, 나는 목사가 되고 싶지 않았어. 목사만 키워 내는 온실에서 자랐으니 목사가 되었지만 사실은 그러고 싶지 않았어. 내가 진짜 하고 싶은 걸 너무 늦게 알았어. 그래서 아픈 거야. 누나, 나 목사 안 하면 안 될까? 하고 싶은 거 해 보면 안 될까?"

큰누나가 비밀을 지켜 주리라고 여겼던 게 우습지. 다음 날 아버지는 구마 의식이라며 오십 넘은 아들을 혁대로 때렸다. 그 자국은 열꽃과 몹시 비슷했다. 그리고 문정호는 생애 첫 가출을 했다. 모아 두었던 돈을 털어 개척 교회를 차렸다. 김응민의 체육관 옆에 차린 건 당연히 의도적이었다. 재회의 순간이 어떨지, 문정호는 수백 번을 공상했다.

그러나 김응민은 문정호를 전혀 기억하지 못했다.

주스 박스를 들고 체육관의 문을 처음 두드렸을 때만 해도 문정호는 기대했다. 김웅민이 나를 보고 깜짝 놀라겠지. 몇십 년 전의 군대 선임이 어떻게 다시 옆집에 오게 되었는지 궁금해라도 하겠지. 그러면 어떻게 대응할지도 다 생각해 놓았다. 세상에, 이런 인연이 있나, 놀라는 척하며 슬쩍 사무실로 들어가 회원으로 등록할 것이었다.

정말로 성실한 회원이 될 자신이 있었다. 열심히 운동하고, 매일 박카스 한 병이나 커피 한 잔이라도 선물로 주고. 그러다 친해지는 미래를 그려 보았다. 그 누구보다도 더 각별한 사이가 되는 상상을 했다.

김웅민이 문정호의 털끝이라도 기억했다면 그랬을 텐데. 그런데 그러지 않았다. 문정호를 김웅민은 반가이 맞아 사무실로 들이며 물었다.

"목사님이시면 이런 격투기에는 전혀 관심 없으시겠지요? 아무래도……."

그때 쭈뼛거리며 들어온 막내 코치를 인사시키고서는 만면에 미소를 지으며 말했다.

"이놈이 얼마 후에 군대를 갑니다. 아, 그런데 혹시 목사님들은 군대를 가시나요? 죄송합니다. 제가 잘 몰라서요."

'목사님들은 군대를 가시나요?'

나를 잊었다니. 생각지도 못했던 꿈을 바이러스처럼 퍼뜨려

내 안에 끔찍한 생명력의 씨앗을 심어 놓고서는, 이십 년 만에 발화하게 만들어 놓고서는, 정작 본인은 어찌 저리 까맣게 모를 수가 있는가. 나에겐 당신이 심어 놓은 꿈이 이토록 거대한데.

이후에 어떻게 그 자리를 벗어났는지, 문정호는 기억하지 못했다. 교회로 돌아와 벽장에 가득한 비디오테이프를 바라보았다. 옆 호실 사람들이 치는 샌드백 소리며 날카로운 타임벨 소리가 아주 작은 먼지처럼 희미하게 들렸다. 그러나 아주 작은 먼지라도, 콧구멍에 들어가 엉겨 붙으면 더러운 코딱지가 되는 법.

문정호는 원망과 분노가 안에서 차오르는 걸 느꼈다. 그리고 그다음 날부터 돌변하여 불친절한 이웃이 되었다. 매일 시끄럽다면서 체육관 문을 두드렸고, 매일 말뿐인 사과를 받으며 돌아가야 했다. 교회로 돌아가 후회할 걸 알면서도 그 충동은 어쩔 수가 없었다.

그리고 종종 아빠 뒤에서 세모꼴 눈을 하고 자신을 노려보는 여자애, 김응민의 딸이 보였다.


개척 교회를 차린 것은 충동적인 가출에 가까웠기 때문에 신도를 모을 뾰족한 수도 열정도 없었다. 집과 아버지의 교회를 나오기 전부터 예견했던 생활고였고, 시한부일 게 분명한 일탈이었다. 먹고살려면 아버지에게 돌아가야만 한다는 사실은 이미 뻔했다. 배운 것도 해 본 것도 목회자 일밖에는 없었으니까.

문정호는 가끔 생활고를 토로하는 신도들에게 말하곤 했다. 할 수 있는 한 노력한다면 주님께서 길을 열어 주실 거라고. 그러나 정작 자신은 진퇴양난이었다.

그러나 아무리 쪼들려도 집으로, 아버지의 대형 교회로 돌아갈 수는 없다고 확신한 이유가 있었다.

꿈의 씨앗을 품은 채로는 되돌아가 보았자 결말이 빤해서였다. 열병을 앓다가 죽겠지.

목사실의 눅눅한 소파 베드에 누우면 꿈에 대한 꿈을 꾸었다. 쉰이 넘은 지천명의 복서, 프로 데뷔전! 링 아나운서의 호들갑스러운 소개와 함께 로프 사이를 넘어 문정호가 들어선다. 이미 복싱이란 게 이 나라에선 비인기 종목이란 것을 알고 있으나 관객은 의외로 생각보다 많다. 이유는 물론, 쉰 넘은 목사가 프로 복서로 데뷔한다는 사실이 언론이며 대중의 이목을 집중시켰기 때문이다.

상대 선수는 1전 1승 1KO의 이십 대 복서. 분석을 위해 영상을 숱하게 보았으나 실제로 보니 더 젊고 날렵하며 단단해 보인다. 비만 내리면 뼈마디가 쑤시는 문정호와는 전혀 다른 몸일 것이다. 그러나 목을 아주 조금 움츠리자마자 귀신같이 알고서는 코치가 다가와 문정호의 어깨를 주무르며 귀에 대고 속삭인다.

"할 수 있습니다. 타고난 주먹 아니십니까?"

문정호는 놀라 그 말을 하는 상대를 쳐다본다. 김응민이다.

자신을 볼 때마다 피로에 젖은 표정을 하는 지금의 김웅민이 아니라, 그 옛날 군대에서 자신의 주먹을 칭찬하던 젊은 김웅민의 얼굴이 바로 옆에 있다.

가슴이 부풀지만, 경기 시작을 알리는 타임벨이 울리는 순간 문정호는 어김없이 깨어난다.

처음 그런 꿈을 꾸었을 땐 다시 잠들려고 죽어라 노력했다. 꿈을 이어 꿀 수 있을 것 같아서. 그러나 실패했다. 그리고 이후 몇 날 며칠 똑같은 꿈을 반복해 꾸었다. 달라지는 건 없었다. 문정호는 언제나 경기를 시작하지도 못했다. 차라리 대판 얻어맞고 지는 꿈이라도 꿨으면 했다. 하지만 그런 일은 결코 일어나지 않았다. 언제나 시합이 시작되는 순간, 눈을 번쩍 떴다.

낡은 단칸방에서 목을 맨 것은 그 꿈을 몇 번이고 꾸고 난 후 반쯤 충동적으로 한 선택이었다. 다시는 절망하고 싶지 않기 때문이었다. 그러나 목을 맨 후 정신이 까무룩 잠기려는 순간, 갑자기 바퀴 몇 개가 얽힌 것 같은 형상에 잠자리처럼 숱하게 많은 눈을 단 괴물이 나타났다. 그 수많은 눈에게서 얼마나 거센 광선이 나오는지 도저히 눈을 뜨고 있을 수 없어 문정호는 비명을 질러 댔다.

그러든 말든 괴물은 태연히 말을 걸었다.

"불쌍한 어린양이여. 나는 천사……."

"천사라고? 괴물같이 생긴 게 무슨 말이냐!"

"진짠데. '내가 보니 북방에서부터 폭풍과 큰 구름이 오는데, 그 속에서 불이 번쩍번쩍하여 빛이 그 사면에 비치며 그 불 가운데 단 쇠 같은 것이 나타나 보이고, 그 속에서 네 생물의 형상이 나타나는데 그 모양이 이러하니 사람의 형상이라. 각각 네 얼굴과 네 날개가 있고……, 그 형상과 구조는 바퀴 안에 바퀴가 있는 것 같으며, 행할 때에는 사방으로 향한 대로 돌이키지 않고 행하며, 그 둘레는 높고 무서우며 그 네 둘레로 돌아가면서 눈이 가득하며……. (에스겔서 1장)'"

"사탄 주제에 에스겔서를 읊는다고?"

"사탄이 아니라 천사라고."

문정호가 눈썹을 비쭉 올리며 침묵하자 천사는, "믿든 안 믿든 그건 네 자유다."라고 중얼거리더니 단언했다.

"너는 지금 죽을 수 없다."

문정호는 입을 딱 벌리며 외쳤다.

"뭐라고……, 뭐라고요?"

그 와중에도 천사라니, 일단 존댓말을 해야 할 것 같아 어미를 바꾸었다.

"너는 이 계절 동안 죽지도 살지도 않은 상태로 존재할 것이다. 사람이 만질 수 없고 거울에 비치지 않는 몸이 되어서 살 것이다, 단 한 계절 동안."

"누구 맘대로요? 저는 원하지 않습니다!"

문정호가 있는 힘 없는 힘 다 쥐어짜서 외치자 눈알들이 일제히 대구루루 움직였다. 문정호는 다시 물었다.

"왜 저입니까? 그리고 왜 이런 짓을 하는 건데요?"

"신앙심이 급작스레 떨어진 영혼들이 근래 너무 많다. 그 영혼들이 왜 그렇게 변했는지 우리도 알아야 할 것이 아닌가? 실태 조사를 해야 하지. 그러고는 너를 다시 본 궤도로 돌려놓아야 한다. 거기까지가 내 임무다."

문정호는 잔뜩 찔렸다. 그러나 이 괴물이 천사를 가장한 사탄이고 이미 약해질 대로 약해진 자신을 미혹해 완전히 타락시키러 온 것이 아니라고도 장담할 수 없었다. 그래서 물었다.

"사탄이 아니라는 증거를 보여 주십시오."

그러자 천사가 수많은 눈을 데굴데굴 굴리며 당황해했다.

"……그런 건 없다."

"그런데 저더러 믿으라고요? 그럴 수가 없지 않습니까!"

문정호는 제 처지도 잊고서는 기세등등하여 외쳤다. 그러나 그다음 순간 천사가 하는 말에 입을 꾹 다물 수밖에 없었다.

"내가, 천사가 되고 싶다는 걸 너무 늦게 깨달았다……. 이제와서 새 꿈을 찾았다. 사실 이게 정식 천사가 되기 위한 견습 과정의 마지막 과제다."

문정호는 주먹을 꼭 말아 쥐며 쥐어짜 내듯 소리쳤다.

"그러면 천사도 아니고 견습생이잖아! 거짓말하지 마! 당신은 내 무의식에서 나온 환상에 불과해. 이제 와서 새 꿈을 찾았다? 그냥 제가 뒤늦은 꿈 때문에 방황하고 있으니까 거기서 나온 연상이겠죠. 당신은 꿈입니다. 어차피 죽고 있는 와중에 꾸는 우스운 개꿈일 뿐이라고요."

그러자 수많은 눈으로 이루어진 바퀴가 문정호를 향해 굴러왔다. 문정호는 고함을 지르며 뒤로 물러섰다. 눈들이 깜박였다.

"내가 너와 같은 생각을 하고 통하는 말을 하는 게, 왜 허깨비라는 증거가 되는 거지?"

말문이 막혔다. 그러게, 왜? 왜 나와 닮은 생각을 하고 나와 같은 처지에 놓인 상대는 허깨비가 틀림없다고 치부해 버린 걸까? 자신 역시 그 생각과 처지 때문에 그토록 괴로워했으면서. 입술을 꾹 말고 있는 문정호를 빤히 보던 천사 견습생이 절레절레 고개를 흔들었다. 아니, 정확히 말하면 바퀴들이 좌우로 움직였다고 표현해야 하겠지만.

"내가 네 무의식의 산물이 아니라 실제로 존재한다는 증거를 대 주지. 네가 모르는 정보를 당장 주겠다."

천사 견습생의 바퀴가 천천히 움직였다.

"……네 머릿속을 가장 크게 차지하고 있는 사람이 있지."

김웅민! 문정호는 속으로 이름 세 글자를 외쳤다.

"그 사람이 지금 이 시각, 집을 나와서는 갈 데 없이 떠돌다 네

교회에 들어가려 하고 있다. 네가 가지 않는다면 거기서 계속 혼자 머물겠지. 그 사람이랑 단둘이 있고 싶지 않은가?"

김응민이 내 교회에 들어오려 하고 있다고?

문정호는 곧바로 한 계절의 유예 기간을 선택했다.

그러나 떠돌고 있다던 그 사람은 김응민이 아니었다.

실망했을까? 어쩌면 처음에는 그랬을지도.

천사 견습생이 말한 대로 실제도 유령도 아닌 몸이 된 자신을 보고 소스라치는 김응민의 딸 앞에서, 문정호는 교회에서 목을 매어 죽은 유령 행세를 하기 시작했다.

임기응변이었다.

## 3라운드
### 김온해의 경우

　새마음교회를 철거하는 날, 문은 활짝 열려 있었다. 조끼를 입은 철거 기사들이 바삐 오갔다. 건물주는 팔짱을 낀 채 계속해서 구시렁댔다. 세입자가 자살한 걸 알면 다들 안 들어오려 할 텐데 이미 소문이 나 버려 큰일이라고, 외지인이 아니면 누가 들어오겠느냐고 애꿎은 기사들을 붙잡고 불평을 늘어놓았다. 자살 시도만 했던 거지, 아직 죽지 않았는데도 그렇게 말했다. 그 덕에 철거에는 기사들이 예상했던 것보다 더 오랜 시간이 걸렸다.

　12시가 되자 기사들도 건물주도 점심을 먹으러 떠났고, 그 틈을 타 온해는 문이 열린 302호에 몰래 들어갈 수 있었다. 예배실은 거의 철거되었지만, 안쪽의 목사실도 목사의 비디오테이프 컬렉션도 아직 무사했다.

그리고, 비디오테이프가 가득 꽂힌 장 앞에 우두커니 목사가—아니, 진짜 몸은 병원에 누워 있다니 목사의 허깨비라 해야 할까?—웅크리고 앉아 있었다. 마치 자기 것을 지키려 드는 어른처럼. 혹은 소중한 것을 빼앗기기 전 마지막 인사를 하려는 어린아이처럼.

인기척을 들은 목사가 먼저 손을 들어 인사했다.

"스승님, 안녕하세요? 교회 철거되면 이제 볼 일이 없겠지요. 그간 고마웠습니다."

"왜요? 다른 데서 보면 되잖아요! 어차피 목사님은 잠도 안 주무시고, 먹는 것도 상관없고⋯⋯."

"진짜 몸으로 돌아가 진짜 끝을 내야지요. 헛된 말에 괜히 쓸데없는 미련을 가져서는, 몸만 힘들게 했네요."

"뭔 소리예요?"

목사에게 천사인지 천사 견습생인지에 대한 설명을 들은 온해는 어안이 벙벙했다. 그러나 '세상에 그런 일이 어디 있어요?'라고 자신의 얕은 경험에 근거해 묻고 싶은 마음을 꾹 참았다. 목사 유령—아니, 죽지 않았으니 유령이 아니라 영혼이라 해야겠지만⋯⋯.—이 지금 앞에 떡 버티고 있는데, 그런 식의 물음을 던진다면 그야말로 꽉 막힌 사람일 테니까.

그런데 '진짜 끝'이란 무슨 얘길까? 목사는 홧김에 목을 매단

게 아니라 정말로 죽고 싶은 거였을까? 자기 삶을 끝내고 싶은 거였을까? 그렇다고 하기에는 우린 함께 너무나 열심히 훈련하지 않았나. 그 누가 자정부터 동틀 때까지 무아지경으로 샌드백을 두드릴 열정을 가질 수 있나. 그 누가 몇십 년 전의 경기 영상을 다 녹화해 놓고 테이프가 늘어질 때까지 보며 분석할 것인가. 천하의 김웅민 씨도 그 정도는 아니었다.

그러나 대놓고 '이제 진짜로 죽을 작정이에요?'라고 묻자니 마음이 안 좋았다. 온해는 무슨 말을 해야 할지를 몰라 곰곰이 생각에 잠긴 척했다. 두 사람 사이에 잠시 침묵이 맴돌았다.

온해는 목사의 눈길이 죽 늘어선 비디오테이프를 훑는 것을 보았다. 그토록 잽싼 동체 시력을 가진 이의 눈동자가 마치 씹어 삼키듯 천천히, 그리고 집요하게 테이프에 붙은 라벨의 제목들을 살피고 있었다.

연월일과 양측 선수의 이니셜. 목사가 손수 네임펜으로 적어 붙여 놓았을 라벨들이 마지막을 기다리고 있었다. 점심을 먹고 돌아올 기사들이 밖의 예배실 철거를 마치고 이 안으로 들어오면 목사는 자리를 피하고, 온해는 쫓겨나고, 이 모든 것은 사라지겠지. 멸종 위기의 뚱뚱한 브라운관 TV와 비디오 데크와 복싱 경기 영상 녹화본, 그리고 라면들까지 다.

온해는 손톱을 물어뜯으며 목사가 보는 곳을 따라 쳐다보았다. 이렇게 끝내서는 안 됐다. 이 사랑을 이렇게 무너뜨려서는 안 됐다. 이유는 모르지만, 하여간 안 된다는 직감이 강하게 들었다. 하지만 어떻게? 온해는 손가락을 산만하게 굽혔다 펴길 반복했다. 어렸을 때부터 몸을 좀 움직여야 아이디어가 떠올랐으니까.

그리고 문득 한 가지 생각을 했다. 조금 이기적인 것 같았으나 애써 합리화했다.

천사 견습생인지 뭔지가 말했다고 했다. '이 계절' 동안 목사가 초현실적인 몸으로 살 거라고. 온해는 머릿속으로 시간을 셈했다. 7월 중순에 방학식을 했고, 개학은 8월 중순이다. 개학 후 8월 24일 청소년 국대 결정전이 시작되어 8월 31일에 끝난다. 개학을 해도 천사가 제시했다는 '이 계절'을 여름이라 치면, 대충 8월 31일까지인 것 같으니 시간은 충분했다.

"저기 목사님, 있잖아요."

온해가 힘겹게 입을 여는 순간 갑자기 바깥이 왁자지껄해졌다. 아마 점심을 먹은 이들이 돌아오는 모양이었다. 온해는 마음이 조급해졌다. 그래서 지금껏 주저하고 고민해 왔던 것과는 별개로 말이 빨라졌다.

"목사님, 혹시 국대 결정전 코치 해 주시면 안 될까요! 저, 진짜 목사님이랑 그 대회 나가고 싶어요! 부탁드립니다!"

그렇게 외치고서는 허리를 푹 수그렸다가 몰래 고개만 빠끔 들었더니 목사는 혼란스러운 표정이었다. 그래서 다시 더 크게 소리 지르며 더 가파르게 허리를 숙였다.

"목사님이 아니면 저, 그 대회 못 나가요! 제발 한 번만 도와 주세요, 목사님! 아니……, 코치님! 여름 끝날 때까지만 부탁드려요, 제발, 제발!"

여전히 묵묵부답이었다.

"야, 저 쪽방은 뭐야?"

"아, 목사실이라는데요."

"거기도 알아서 하래?"

"네, 그냥 다 버리면 된대요."

기사들이 주고받는 소리가 점점 가까워졌다. 온해는 눈을 질끈 감았다. 이제 기사들은 목사실의 문을 열 것이고, 생면부지의 여자애가 이 안에 몰래 들어와 있는 걸 발견할 것이다. 혹시라도 목사의 가족에게 보고하지 않고 내쫓기만 해 준다면 천만다행이지만, 만약 그러지 않는다면 지금까지보다 더 큰 난관에 봉착할 텐데……. 어떻게 벗어날 수 있을지는 전혀 뾰족한 수가 없었다. 더군다나 목사는 지금 귀신 씻나락 까먹는 소리라도 들은 사람처럼 눈이 휘둥그레져 있으니, 온해의 탈출에는 별반 도움을 주지 못할 듯싶었다.

"……안 되겠죠, 아무래도……."

오랜 침묵은 부정일 터. 온해는 한숨을 쉬며 등을 돌려 목사실 문을 향했다. 어차피 들킬 거라면 빨리 인부들에게 자진 신고를 하고 선처를 호소하는 게 좋을 수도 있었다. 뭐라고 이유를 댈까? 복싱 비디오를 몰래 챙겨 나오고 싶었다고 하면 될까? 아무래도 저 시절의 경기 영상들을 저만큼 가지고 있는 복싱 팬은 흔치 않을 테니까.

그러나 그때 쪽문 밖 가까이서 누군가 헙, 하고 숨을 들이켜는 소리가 들렸다.

"누구슈?"

"누구여?"

불안한 침묵이 아주 짧게 흐른 후, 여러 명이 동시에 비명을 질렀다.

"으, 으아악! 저게 뭐야!"

그러고서는 우당탕탕, 밖으로 뛰어나가는 발소리가 이어졌다. 온해는 뒤를 돌아보았다. 목사가 사라지고 없었다. 다시 정면으로 고개를 돌렸다가 "으악!" 하고 고함을 지르고 말았다. 코앞에 목사가 와 있었다. 꺾인 목과 길게 늘어진 혀를 한껏 드러내는 포즈로.

"담력이 스승님보다도 약하네요, 저 아저씨들이. 이 꼴 한 번 보여 주니까 바로 내빼는데."

목사가 말했다.

"그러니까 같이 시합을 나가자고요? 국대 선발전을? 그럼 내가 코치인 거고요?"

온해는 고개를 끄덕이며 목사의 눈치를 살피려다, 그 눈빛을 읽고 말았다. 익숙한 눈빛이었다. 온해와 나란히 앉아 비디오를 보며 설명할 때의 눈빛, 체크 훅을 가르쳐 주고 온해가 처음 그 위력을 느꼈을 때의 눈빛. 둥그런 눈 안에서 발화되는 순간적인 섬광.

목사가 물었다.

"뭐부터 하면 되지요?"


온해는 대회 집행부에 참가 신청서를 보냈다. 보호자와 지도자의 이름에 모두 '문정호'라 적었다. 주민 등록 번호며 주소, 연락처는 목사가 불러 주는 대로 기입했다. 곧 참가 등록이 완료되었다는 확인을 받았다.

교회는 완전히 철거되었다. 혼비백산했던 인부들이, 일당 까이면 안 된다며 큰맘 먹고 돌아온 덕분이었다. 혹시라도 시급을 덜 쳐줄까 봐 유령 보고 한참 내뺀 일은 함구하기로 자기들끼리 약속까지 했다. 물론 온해는 이미 도망친 뒤였다.

머물 곳이 사라진 목사 영혼이 어디서 쉴 수 있을까? 온해는 걱정했으나 목사는 걱정 말라며 온해를 안심시켰다. 그래서 일단은 시합 장소인 거평, 그러니까 서울 인근의 작은 도시로 출발할 때쯤 온해의 집 앞에서 만나기로 했다.

개학 다음 날 바로 대회 때문에 학교를 빠질 수 있어 어찌나 다행이었는지.

개학일, 아이들은 온해를 보고 신나게 수군거렸다. 숨기려는 노력도 하지 않았다. 등교했을 때, 화장실에 갈 때, 혼자 급식을 먹을 때, 그리고 대회 참가를 알리러 교무실에 갈 때 온해는 계속해서 찐득하게 들러붙는 눈길들을 느꼈다. 담임은 대회 참가 확인서를 보자마자 일언반구 없이 공결을 허락해 주었다. 거기 적힌 보호자나 지도자의 이름 석 자를 확인할 생각도 하지 않는 것 같았다. 그저 골칫덩이를 잠시나마 치울 수 있어서 좋다는 기색이었다.

아빠가 체육관 마감 청소를 마무리할 즈음, 집에서 온해는 혼자 짐을 쌌다. 마우스피스, 복싱화, 가슴 보호대, 겉옷과 속옷 여러 벌, 그리고 '미원복싱 김온해'가 적힌 청색과 홍색 유니폼. 그러고는 돌덩이처럼 무거워진 더플백을 어깨에 휙 둘러멨다.

바로 터미널에 가서 시간을 죽이다가, 심야 고속버스를 타고 거평에 갈 요량이었다. 아침 7시에 계체량을 하니까 거평에 도착해서도 몇 시간을 죽여야 하겠지만 괜찮았다. 대회에만 나갈 수 있다면.

그리고 목사가 같이 있어 줄 테니까.

아빠는 자신이 사라진 줄도 모를 거였다. 지금 온해를 완전히 투명인간 취급하고 있으니. 달리기도 안 시키고, 훈련도 관심 없고. 며칠 지나서야 딸이 없어진 걸 알아챌지도 몰랐다.

목사는 알아서 오겠다고 했다. 뭐, 유령이니 훨훨 날아서 올 수도 있지 않을까 싶었다. 실제로 거평 터미널에 도착하니 목사는 이미 온해를 기다리고 있었다.

목사는 항만에서보다 훨씬 편하게 거리를 오갈 수 있었다. 일단 수도권이다 보니 사람이 훨씬 많아서 아무도 서로에게 관심을 두지 않았다. 시합장 인근에는 목사만큼은 아니지만 고개가 앞으로 쏟아질 것처럼 거북목이 심한 이들이 넘쳐났다. 다 가드 올리고 턱을 붙이느라 자세가 변형된 복싱인들이었다. 그래서 목사는 전혀 이목을 끌지 않았다.

계체량 후 최종 대진표가 나왔다. 준준결승부터 결승까지 총세 게임을 해야 했다. 물론 계속 이긴다고 가정했을 때의 얘기지만.

첫 경기가 몇 시간 뒤 오후 느지막이 있었다. 처음 보는 이름의 상대였다. 이미 시합에 여러 번 출전한 온해의 전력만 노출되었을 터였다. 감수해야 하는 일이지, 생각하며 온해는 혼자 저벅저벅 아침밥을 먹으러 갔다.

경기가 이루어지는 체육관 근처에는 백반집이 몇 있었는데, 또래 선수들이 코치들과 함께 우르르 들어와 실컷 떠들며 밥을 먹는 가운데에서 혼자 테이블을 차지할 용기는 없어 그냥 편의

점으로 갔다.

가장 좋아하는 라면을 두 개 골랐다. 목사실에서 보낸 시간들이 없었다면 뭐가 입맛에 맞는지도, 볶음면 물은 반드시 버려야 한다는 것도 몰랐을 텐데. 온해는 씩씩하게 큰 컵라면 두 개를 들고 자리에 앉아 야무지게 나무젓가락을 뜯었다. 이제 혀에 익숙해진 MSG의 맛에는 긴장된 마음을 가라앉히는 마법이 있었다.

그 마음으로 가볍게 첫 시합의 링에 올라갔다. 코치는 어디 갔냐는 레퍼리[1]의 물음에 놀랍게도 재생 버튼을 누른 듯 자연스럽게 임기응변이 나왔다.

"화장실 가셨는데 오래 걸리나 봐요."

그 말에 레퍼리는 눈알을 굴리다가 경기를 그대로 속개했다. 온해는 십 초 만에 상대가 한 수 아래라는 사실을 파악했고, 레퍼리는 1라운드가 끝나기 전에 경기를 중단시켰다. RSC[2]승. 온해는 시합장 텅 빈 관객석의 가장 끝에 앉은 목사를 바라보았다. 목사가 박수를 쳤다. 온해는 링 위에서 손이 번쩍 들리며 그게 일종의 날갯짓처럼 보인다고 생각했다.

유니폼을 벗지도 않은 채로 목사 옆으로 가서 털썩 앉았다. 어차피 시합장에는 선수와 관계자, 그리고 학부모뿐이라 관객석은 한산했다. 누구도 목사를 눈여겨보지 않았다. 온해가 자리에 앉자마자 목사가 온해 쪽으로 고개를 돌려 말했다.

"잘은 했는데, 다소 아쉬운 점이 있네요."

"그걸 들으러 얼른 온 거예요."

"상대 들어올 때 사이드로 살짝만 빼서 안 맞고 카운터[3]나 라이트 훅 넣는 건 좋은데 그다음에 원투 한 번을 더 나가든 더 붙어서 레프트 보디를 치든 해야지, 왜 거기서 끝내요? 기회를 다 잡아 놓고."

"아휴, 저도 알죠. 머리로는 아는데 힘이 들어서 못 한 거지."

"그리고 체크 훅은? 기껏 가르쳐 줬더니 한 번도 안 쓰더라고요?"

양심이 뜨끔해져 괜히 딴청을 피우듯 대답했다. "아직 많이 연습을 못 해서요." 하고.

첫 경기를 이기긴 했는데, 이젠 숙소가 문제였다. 타지로 시합을 갈 때마다 온해와 아빠는 허름한 모텔에서 묵곤 했다. 아빠가 가족 관계 증명서를 들고 다녀서 가능한 일이었다. 그러나 지금은 미성년자인 온해 혼자였고, 모텔들은 미성년자의 숙박을 절대 받아 주지 않을 게 분명했다. 물론 목사가 보호자인 척해 주는 방법도 있긴 했지만, 영 내키지 않았다. 함께 모텔 카운터에 들른 미성년자 여학생과 중년 남자. 누가 봐도 이상한 구도였으니까.

온해는 찜질방으로 향했으나 밤 10시가 되자마자 단속하러

온 사장에게 쫓겨났다. 주민 등록증 위조라도 했어야 하나. 목사가 슬그머니 옆에 서서는 어깨를 두드리는 시늉을 해 주었지만 난감한 건 어쩔 수 없었다. 이제 잘 수 있는 곳은 스터디 카페뿐이었다. 책상에서 쪼그려 잔 다음 날 경기를 어떤 컨디션으로 치를지는 상상도 되지 않지만.

목사가 안절부절못하길래 온해는 오히려 의연한 척 굴었다. 명의를 빌려주고 여기까지 온 것만 해도 은인이나 다름없었다. 더 걱정을 끼치고 싶지는 않았다.

"저 스터디 카페에 있을 테니까 목사님은 쉬시다 해 뜰 때쯤 오세요. 열심히 공부하던 애들이 목사님 혀랑 목 보고 놀라서 기절하면 어떻게 책임지실 거예요?"

목사에게 잠을 설치는 모습을 보이며 걱정을 끼치고 싶지 않아, 온해는 스터디 카페의 출입문 앞에서 목사를 쫓아냈다. 나름 설득력이 있었는지 목사는 꿍얼거리다가 멀어졌다. 온해는 참았던 한숨을 쉬며 계단을 올랐다. 오르면서 스스로에게 주문을 걸었다.

잘 잘 수 있어. 어차피 그 어렸을 때 남의 체육관 구석에서도, 미원복싱의 쪽방에서도 알아서 잘 컸던 나야. 곰 같은 김온해. 그러니 오늘도 푹 잘 수 있을 거야. 아니, 푹 못 자면 어때? 어차피 잠이랑 내일 경기랑은 아무 상관이 없어. 내가 그렇게 만들 수 있어. 왜냐하면, 나는 편하지 않은 곳이 익숙한 곰이니까.

더플백을 책상 아래 내려놓고 책상에 웅크린 채 팔에 머리를 묻었다.

다음 날 아침, 목사의 눈에 핏줄이 벌겋게 선 꼴을 보고 온해는 깜짝 놀랐다. 목도 더 굽고 혀도 더욱 길게 나온 것 같아 보이는 건 기분 탓인가? 그러나 정작 목사는 자기 상태는 안중에도 없는 듯 온해만 챙겼다.

"오늘 경기할 상대는 잘 알아요?"

"몇 번 싸웠던 애예요. 걱정 마세요. 걔한텐 진 적 없어요. 패턴이 항상 뻔하거든요."

온해는 호언장담했다. 그러나 문득 광대가 따가워졌다. 목사가 팔짱을 낀 채 온해를 노려보는 중이었다. 세상에, 주먹질도 못 하는 유령이 눈빛으로 사람을 때릴 수 있단 말인가? 이상하다고 생각하기도 전에 목사가 성이 난 목소리로 말했다.

"아뇨, 이번엔 달라."

목사가 그렇게 말하자 온해는 괜히 성이 나서 입을 삐죽거렸다.

"저기요, 목사님이 모르셔서 그러는데, 걔는 진짜 그냥 이길 수 있다니까요? 아빠도 걔랑 붙으면 은근 좋아했다고요. 쉽게 이길 수 있는 애라서요!"

몇 시간 후.

"……아니, 진짜! 쉽게 이겼던 애라고요……."

반쯤 부은 눈꺼풀 때문에 왼쪽 눈의 시야가 영 흐릿했다. 목사는 계속 귀신같이, 꼭 잘 보이지 않는 왼쪽에만 자리를 잡고서 온해를 빤히 쳐다봤다, 얄밉게.

이런 식의 고급 기술까지 죽어라 연습했을 줄은 몰랐는데, 그리고 준준결승 때 관중석에서 지켜본 걔는 분명 예전과 크게 다르지 않았는데.

그 애와 서로 글러브를 부딪치고 1라운드를 시작하자마자 온해는 몹시 당황했다. 있어야 할 곳에서 갑자기 상대가 사라지더니, 있어서는 안 될 사각지대에서 주먹이 날아왔기 때문이다. 처음엔 무슨 일이 일어났는지 자각도 못 한 채 얼렁뚱땅 한두 대 맞고 간신히 넘어갔는데, 똑같은 상황이 한 번 더 반복되자 비로소 알 수 있었다. 그 애가 그 전까지는 쓰지 않던 기술을 완벽히 연마해 왔다는 사실을.

스위치. 오른손잡이가 별안간 왼손잡이로, 혹은 반대로 전환하는 기술. 본디 그 애는 온해처럼 평범한 오른손잡이였다. 그러나 번개같이 왼손잡이 대형으로 자세를 전환하고는 예상치 못한 타격을 날렸다. 온해는 속수무책으로 맞았다. 아빠와 훈련한 트레이드마크, 겸손해서 견고한 가드가 없었다면 그대로 다운될 수도 있었다.

사실 그보다 더 요긴했던 것은 목사가 경기 전에 슬쩍 해 준 귀띔이었지만.

온해가 책상에 엎드려 잠을 청할 때 목사는 호프집이 즐비한 경기장 근처 유흥가를 혈혈단신 돌아다녔다고 했다. 그리고 온해와 경기할 상대방의 코치를 찾아냈다나. 그 코치와 다른 관계자가 형님 아우 운운하며 스위치 기술을 적극적으로 활용하는 전략을 떠벌리는 동안, 목사는 테이블 아래 쪼그리고 앉아 그 이야기들을 다 들었다. 다행히 호프집의 조명이 아주 어두워서 들키지 않았다.

"스위치요? 그거 진짜 최고급 기술이에요. 제대로 안 하면 안 하느니만 못해요. 겨우 고딩인데 어떻게 스위치를 잘하겠어요? 걱정 안 해도 돼요."

경기 당일 아침 목사가 그 정보를 전했을 때는 별거 아니라는 듯 그렇게 으스댔다. 우습고 부끄러운 일이었다. 감히 자만하다니. 스위치를 완벽히 익힌 그 애에게 보기 좋게 패배할 뻔했다. 목사의 사전 제보가 없었더라면 어안이 벙벙한 채로 경기를 마쳤을 터였다. 1라운드가 끝날 때쯤에서야 가까스로 정신을 차린 건 목사의 말을 흘려보내지 않고 기억했던 덕분이다.

겸손했어야 했는데. 온해는 머리를 쥐어뜯으며 자책했다. 사실 온해가 아니라 그 애가 이겼어도 크게 이상하지 않을 만큼 막상막하의 경기였다. 1라운드를 처참히 내준 온해는 2, 3라운드를 근소한 차이로 가져가며 판정승했다.

온해의 팔이 올라가는 순간 그 애가 울음을 터뜨리던 걸, 경기 끝나면 으레 하는 포옹을 하면서도 엉엉 소리 내 오열하던 걸 온해는 잊을 수 없을 것이다. 이전까지는 계속 지면서도 한 번 울지 않고 방긋 웃으며 인사하던 애였으니까.

피나는 노력을 했으니 그토록 서러운 울음이 쏟아졌겠지.

"다음번에 만나면 그 선수가 이기겠네요."

목사의 말에 성을 버럭 냈지만, 내심 그럴지도 모른다고 생각하고 있었다. 별안간 새로운 기술을 익힌다는 건 말로나 쉬운 일이지, 실은 어마어마하게 지루한 훈련을 요구하니까. 기술을 머리로 안다고 해서 바로 경기장에서 써먹을 수 있을 거라 착각한다면, 스파링을 한 번도 해 보지 않은 사람일 터이다. 상대의 주먹과 자신의 통각, 그리고 미친 듯 차오르는 숨과 뻐근해지는 근육에 대한 공포를 이겨 내고 신기술을 한 번이라도 '시도'해 보려면 수천 번의 반복 학습이 필요하다. 그리고 '시도'에 그치지 않고 '성공'하려면, 아마 수만 번은 훈련했을 것이다. 스위치라는 기술 하나를.

그렇게 간절했을 테다. 그리고 다음 대회를 그 간절함으로 다시 준비하겠지.

그땐 정말 완패할지도 모른다고 온해는 생각했다. 그러니 더 열심히 훈련해야 할 것이다.

땀에 젖은 시합복을 더플백에 쑤셔 넣었다. 경기장을 나와 편의점 통창 앞에 섰다. 다른 선수들이 코치진과 함께 백반이며 곰탕, 소머리국밥 따위가 적힌 음식점에 속속 들어가는 모습을 보면서, 컵라면 스프 봉지를 쥐고 흔들었다. 어제랑 다를 바가 없네, 하고 생각했다. 그래도 오늘은 준결승을 통과했으니 스스로 주는 보상 차원에서 자그마한 볶음 김치도 샀다.

목사는 이번에도 어디론가 사라진 뒤였다. 일몰 후에 만나기로 약속을 잡았으니 몇 시간은 온해 혼자였다.

"아, 씨……."

다 익은 컵라면을 먹으려 목을 움츠리는데, 목 아래와 양쪽 어깨 부근이 찌릿, 아파 왔다. 책상에 엎드려 잔 데다 긴장 가득한 혈투까지 벌였으니 근육이 놀랄 대로 놀란 모양이었다. 그래도 이렇게까지 심한 통증은 드문데. 온해는 컵을 향해 다시 목을 숙이려다가 비명을 지르고 말았다. 잔뜩 성난 몸이 파업하기로 작정을 한 게 분명했다.

결국 장승처럼 빳빳이 고개를 든 채 면발을 아주 천천히 입에 넣었다. 아무리 조심해도 붉은 국물이 계속 상의에 튀었다. 식사를 마치고 나오는 선수들이 편의점 안의 온해를 보며 낄낄대는 것도 같았다. 그래서 라면을 반쯤 먹을 즈음엔 급기야 젓가락을 쥔 손가락에 힘이 빠지며 면발을 놓치고 말았다. 매운 국물을 머금은 면발이 하늘하늘 낙하하며 온해의 상의와 하의에

각각 흔적을 남기고서는 흰 운동화에 안착했다. 서둘러 운동화를 닦으려 온해가 아픈 몸을 삐거덕대며 수그리자, 이번에는 온해의 어깨가 국물 잔뜩 남은 컵을 쳐 버렸다. 컵이 더플백 위로 보기 좋게 엎어졌다.

맙소사. 온해는 아픔도 잊고 벌떡 일어섰다. 더플백은 이제 용암에라도 휩싸인 꼴이었다. 다급히 열어 보니 그 안에 처박아 놓은 복싱화와 시합복에 이미 라면 국물이 잔뜩 스며들어 있었다.

심상찮은 기색을 알아챈 편의점 점장이 대걸레를 들고 와 눈살을 잔뜩 찌푸렸다. 온해는 지은 죄가 있으니 미안함에 어찌할 바를 몰라 허둥대었다. 방해되니까 그냥 나가라는 점장의 말에 허리를 몇 번 굽실거리고는 뒷걸음질로 편의점을 나섰다.

완전히 혼자가 된 기분이었다. 아직 여름 해가 쨍쨍했다. 목사와 만나기로 약속한 시간은 한참 남아 있었다. 청소를 마친 후 담뱃갑을 들고 나온 점장이 업장 앞에 서 있지 말라며 버럭 소리를 질렀다. 온해는 몸을 움츠리며 아무 곳으로나 걸음을 옮겼다.

늦여름의 햇볕은 잔인했다. 폭염 경보가 전국에 발효된 날이었다. 땀방울이 걸음의 수에 비례해 쏟아져 내렸다. 한참을 하염없이 걷다 보니, 어느 고등학교 교문 앞에 이르렀다. 또래로 보이는 애들이 삼삼오오 모여 있었다. 다들 너무 예쁘고 잘생겨서 기가 죽었다. 온해는 그 또래들로부터 최대한 멀리 떨어지기 위해 달음질을 쳤다.

오늘 그렇게 힘든 경기를 했는데, 내일도 경기가 있는데. 아빠와 함께였다면 어땠을까. 경기를 끝낸 후 고봉밥을 양껏 먹고 배 두드리며 모텔로 돌아가 가장 뜨거운 물로 샤워한 후 에어컨을 가장 시원하게 틀어 놓은 채 늘어지게 낮잠을 자고, 저녁때쯤 일어나 아빠와 상대의 전력을 분석했을 것이다. 지금처럼 땀에 젖은 채 연고도 없는 곳을 헤매며 내일 쓸 체력을 차근차근 깎아 먹는 일은 없었을 것이다.

온해는 폭염 경보 메시지 외에는 아무런 알림도 없는 핸드폰을 꺼내 보았다. 첫 가출 때와 달리 지금은 왠지 핸드폰을 끄기 싫어서, 그리고 그렇게나 무심한 아빠가 위치 추적을 할 거라고 생각지는 않아서—아니, 사실 추적해 주길 바라고 있었을지도 모른다.—내내 켜 두고 있었다. 목사와 만나려면 아직도 세 시간이나 더 버텨야 했다. 핸드폰을 더플백에 쑤셔 넣으려고 팔을 이리저리 꼬아 보았는데, 땀을 너무 많이 흘린 탓에 겨드랑이며 팔 접힌 부분이 자꾸만 끈적하게 걸려 움직임이 영 매끄럽지 못했다.

온해는 치솟는 신경질을 참기 위해 일부러 낑낑 소리를 내며 어깨에 멘 더플백 쪽으로 몸을 틀었다. 그리고 그 덕에 누군가를 볼 수 있었다.

"……왜 네가 여기에 있어?"

훔쳐보던 걸 들킨 오윤아는 꽁지 빠지게 도망가려 했지만 당연히 온해가 훨씬 더 빨랐다. 내가 명색이 운동선수인데, 나에게서 뜀박질로 달아나려 하다니. 온해는 오윤아가 입은 티셔츠의 목덜미를 붙든 채 씩씩거렸다. 땀이 후두둑 떨어졌다.

오윤아는 땀도 없는 모양인지, 그렇게 추격전을 벌였는데도 목덜미가 보송했다. 온해는 일부러 제 땀을 손가락에 슥 묻힌 후 오윤아의 목에 발랐다. 오윤아가 비명을 질렀다. 그 와중에도 온해는 오윤아가 얼마나 멋을 부리고 있는지 확인하고서 헛웃음을 지었다. 아니, 세상에! 교복 바지 벨트 구멍에 왜 넥타이를 매고 있지? 저게 유행인가? 패션에 문외한인 온해는 알 도리가 없었다.

온해가 몇 시간 전 지나쳤던 그 고등학교가, 뮤지컬 배우 지망생 사이에서 유명한 곳인 모양이었다. 교문 앞에 눈 돌아갈 만큼의 미남 미녀밖에 없던 게 설명되었다. 그러나 왜 하필 지금 이때 오윤아가 또 가출을 해서, 왜 하필 지금 이곳에 존재하고 있단 말인가?

"그 질문은 좀 웃겨. 네가 세상의 중심에 있다고 착각하고 던지는 질문이잖아. 이렇게 바꾸면 어때? 왜 하필 내가 편입 시험을 보는 이때 네가 여기서 복싱 경기를 하는가? 대답할 수 있어? 심지어 복싱은 뮤지컬보다 훨씬 더 인기 없는 장르인데 말이야."

폐부를 쿡쿡 찌르는 오윤아의 말에 신경질을 콱 냈지만 사실 틀린 말은 아니었다.

"그래서, 편입 시험은 잘 봤어?"

온해가 묻자 오윤아는 오늘은 지원서에 기반한 면접만 보았고 실기는 내일이라고 대답했다.

"그럼 1박을 해야겠네? 부모님이랑 같이 왔어?"

"그럴 리가 있냐? 내가 여기서 편입 시험 보고 있는 거 알면 난리 날걸? 나, 또 가출한 거야."

"……그럼 잠은 어떻게 하려고? 찜질방도 10시 되면 쫓아내던데……."

오윤아가 주머니에서 지갑을 꺼내 뒤적거리더니 무언가를 꺼냈다. 주민 등록증. 온해는 눈을 휘둥그레 떴다.

"너, 설마 몇 년 꿇었어?"

오윤아가 냅다 온해의 허벅지를 걷어찼다.

"꿇긴 뭘 꿇냐? 위조지."

상상만 했던 걸 실제로 실행할 수 있다니. 어안이 벙벙한 온해의 얼굴을 보고서, 오윤아는 미간을 찌푸리더니 내처 물었다.

"……김온해, 그러는 넌 오늘 어디서 잘 건데? 솔직히 말해. 꼴을 보니까 너도 가출한 거구먼."


저녁 6시, 온해는 오윤아 뒤를 따라 쭈뼛쭈뼛 모텔 방에 들어섰다. 분명 다른 대회 때도 아빠와 이런 모텔에 묵었던 것 같은데, 이렇게 수상쩍은 전단지가 여기저기 붙어 있는 곳이었나? 아니었던 것 같은데. 티슈 곽에도, 인터폰 수화기 위에도, 테이블 위에 버젓이 꽂힌 명함들에도 온통 헐벗은 여자 사진이 가득했다.

그러나 불평할 수는 없었다. 오윤아의 위조 주민 등록증이 아니었다면, 오늘도 온해는 스터디 카페의 책상에 엎드려 자야 할 거였으니까. 온통 삐거덕대는 몸으로 결승전을 치르느니 온해는 오윤아에게 신세를 지는 쪽을 택했다. 온해로서는 대단한 결단이었다. 친하지도 않은 아이와 하룻밤을 보내다니. 심지어 범법으로.

오윤아는 온해가 보든 말든 신경도 쓰지 않고 목을 풀더니 지저분한 모텔의 벽을 짚고서 다리를 쫙쫙 찢어 댔다. 온해는 잔뜩 소심해져서는 구석에 놓인 스툴에 엉덩이를 붙였다. 오윤아 앞에서 섀도복싱을 할 용기는 전혀 없었다. 부끄러워서. 그래서 바라만 보았다. 한 시간 정도 지나자, 에어컨 온도를 18도로 설정했음에도 불구하고 오윤아의 목에서 땀방울이 줄줄 떨어지고 있었다.

"넌 이길 자신 있나 보다? 연습도 안 하고."

오윤아가 입을 삐죽거렸다. 그게 아닌데. 온해는 변명하려다 문득 시간을 보고서는 제자리에서 펄쩍 뛰었다. 목사와 만나기로 약속했던 시간이 이십 분이나 지나 있었다. 온해는 일단 신발을 꿰어 신었다. 어디 가느냐고 성을 내는 오윤아에게는, 이따 설명할 테니 자지 말고 자신이 돌아와 노크할 때까지 기다리라고 소리쳤다.

다시 만난 목사는 옷이 바뀌어 있었다. 위아래로 검은 양복. 지친 기색 역시 역력했다. 유령인데 지칠 게 뭐 있나 싶어 고개를 갸우뚱하는 온해를 데리고 목사는 걷기 시작했다. 잠깐만 걸으면 되는 줄 알았는데, 골목을 누비고 언덕을 넘고서는 논밭을 건넜다. 인적이 극도로 드물어진 산기슭에 이르렀을 때 땀범벅이 된 온해는 다 녹슬고 낡아 쓰러져 가는 입간판 하나를 보았다. '광혜암'. 온해는 놀라 목사 쪽을 쳐다보았다. 설마 개종을 한 건가?

목사에게 무언가를 묻기도 전에 마당에 이르렀다. 개 짖는 소리가 들렸다. 위아래로 회색 옷을 차려입은 채 커다랗고 복슬복슬한 개에게 간식을 먹이던 여자가 고개를 들고서는 환한 미소를 지었다.

"아아, 말씀하신 따님이시구나! 어서 오세요!"

따님? 저게 뭔 소린가. 목사를 한껏 노려보았는데 목사는 고개를 돌린 채 딴청을 피우고 있었다.

그러니까 온해가 편의점에서 열심히 라면을 먹는 동안, 목사는 거평 시내를 온통 돌아다니며 여자애가 안전하게 하루 묵을 수 있는 곳을 수소문한 모양이었다. 하지만 어딘지 수상쩍은 중장년층 남성의 말을 믿어 줄 곳이 어디 있을까. 아무런 성과를 거두지 못한 목사는 인적 드물고 음산한 동네로까지 휘적휘적 걸어갔고, 포기하기 직전에 초미니 절 하나를 발견했다고 했다.

"아버님이 말씀하시는 사연을 듣는데 너무 눈물이 나더라고요. 아버님이 얼마나 힘들게 따님을 혼자 키우시면서도 운동까지 물려받게 하셨는지, 정말. 특히 갓난아기 때 체육관에서 키웠다는 이야기는……."

"예?"

"그렇게 힘들게 컸는데도 비뚤어지지 않고 못 이룬 아버님 꿈을 대신 실현하려 노력한다는 게요. 진짜 어디 드라마에 나오는 얘기 같아. 심지어 주먹질! 싸움! 여자가! 얼마나 멋져요? 내가 나중에 우리 김온해 불자님 연등 불사 꼭 올려 드릴게요. 우리나라를 넘어 세계로 나아가서는, 올림픽 금메달 꼭 따라고요."

"목……, 아니, 아빠 꿈……을 제가 이룬대요? 아빠가 그랬어요?"

"저거 봐, 저거 봐. 원래 부녀간에는 그런 말 잘 안 하죠? 아버님이 과묵하시더라만, 따님도 똑 닮았어."

푼수 같은 보살과 이런저런 이야기를 나누는 동안 목사는 마당에서 암자를 지키는 개와 눈싸움을 하고 있었다. 아마 개는 저이가 보통 사람과 다르단 걸 알겠지. 온해는 작은 창을 통해 그 모습을 바라보며 뭐라 정의할 수 없는 이상한 감정에 휩싸였다. 목사가 지어낸 가난과 고난, 역경과 예견된 감동의 서사가 너무나 익숙한 탓이었다.

"어쨌든 푹 자고, 내일 새벽에 공양 있으니까 시간 잘 챙겨서 맛있게 먹고요. 경기도 잘하고."

"아⋯⋯, 아빠는요? 왜 제가 혼자 자요?"

저도 모르게 나온 온해의 물음에 보살은 눈을 동그랗게 뜨더니 쿡쿡 웃으며 대답했다.

"광혜암에서는 여자만 잘 수 있어요. 아버님은 시내에서 따로 주무실 거라는데. 혹시 아빠랑 같이 있으면 더 좋겠어요?"

"절대 아니에요!"

온해는 자기도 모르게 버럭 소리를 질렀다. 자세히 보니 편안히 입은 옷 앞섶에 각양각색의 얼룩들이 묻어 있어서, 온해는 여기 오는 내내 숨겨야 했던 더플백과 옷의 벌건 물을 억지로 가리지 않아도 되었다. 게다가 보살은 한쪽 다리가 불편한 듯 기우뚱하게 걸었다. 그래서 목사의 굽은 목 역시 비정상이라 여기지 않은 모양이었다.

가만, 그런데 여기서 잔다면, 오윤아는? 내가 오기를 기다리는 오윤아는 어떻게 해야 하나? 어떻게 연락을 하지? 온해는 조금 초조해졌다. 오윤아의 부모가 주축이 된 학대 사건이 터지고 나서 그 애의 전화번호를 지웠다. 인스타그램도 언팔했다. 그러니 연락할 도리가 없었다.

목사는 마당에서 온해를 기다렸다. 온해가 밖으로 나오자 구석의 낮은 바위에 앉히고서는 결승 상대에 대해 브리핑하기 시작했다. 이번 상대는 온해가 한 번도 본 적 없는 선수였다. 아마도 첫 출전일 것이다. 첫 대회에서 결승 진출이라. 만만한 상대는 결코 아니었다. 시합장에서 흘끗 보니 키도 컸다.

"리치로 승부 보는 애죠. 근데 발이 좀 지면에 붙어 있거든요? 그러니까 가드 딱 붙이고 거리 좁혀야 돼요. 쉬지 않고 연타. 그 거밖에는 방법이 없어요."

온해는 고개를 주억거리면서 눈알을 굴렸다. 온해가 무엇을 걱정하는지 꿈에도 모를 목사는 계속해서 분석을 이어 나갔다. 조금이라도 눈치가 있다면 눈앞의 사람이 딴 생각을 하는 걸 바로 알 수 있을 터이지만, 안타깝게도 목사는 복싱 얘기만 하면 정신 줄을 놓는 사람이었으니까.

마침내 목사가 장광설을 마쳤을 때는 이미 귀뚜라미와 개구리가 사이좋게 우는 밤중이었다. 어떻게 해야 하나. 오윤아가 묵는 모텔까지는 아까 왔던 길을 되돌아가야 했다. 왕복 두 시간은 족히 걸어야 하는 경로였다. 가는 데 한 시간, 또 돌아오는데 한 시간. 물론 지금 당장 모텔로 돌아가 거기서 자는 방법도 있긴 했지만, 온해는 아무래도 암자에서 묵고 싶었다. 이유는 넘쳐났다. 오윤아와 친한 것도 아니고, 그 애의 부모에게 쌓인 나쁜 감정은 아직도 유효하며, 아빠 없이 미성년자끼리 모텔에 묵는 것도 싫었다. 객실에 버젓이 전시된 그 야한 사진들과 소름 쭈뼛 서는 문구들…….

목사를 바라보았다. 지금 목사는 아직 영혼 상태. 그러니 아무리 오래 걸어도 힘들지 않을 거였다. 이렇게까지 계속해서 신세를 지는 마당에 하나쯤 더 부탁해도 되지 않을까. 온해는 생각했다. 은혜에 대한 보답은, 멋진 경기로 해 주면 되는 것이다. 그러면 될 것이다.

온해는 목사에게 오윤아가 묵는 모텔의 이름과 호수를 알려 주었다. 왜 오윤아를 버리고 이곳에서 잘 수밖에 없는지에 대한 구차한 변명에다, 꼭 실기 잘 보라는 얄팍한 응원도 덧붙였다. 암자에서부터 모텔까지 가는 대략의 길도 설명했는데 기억이 정확하지 않아 몇 번을 더듬어야 했다. 그래도 목사는 괜찮은 눈치였다. 온해도 안심했다. 좌우지간 힘 떨어질 일이 없으며, 벽도 통과할 수 있는 유령의 몸이 아닌가.

"그럼 그 친구 만나 설명해 주고 내일 아침에 다시 올 테니까, 새벽 공양 먹고 나서 기다리고 있어요. 절이라 공양을 일찍 할 텐데 먹고 다시 좀 자든지."

목사는 그렇게 말하며 휘적휘적 떠났다. 그 등을 가만히 바라보다가 온해는 "목사님!" 하고 목청을 틔워 불렀다. 그러자 적막

한 산골의 나무들이 냅다 메아리를 만들었다. 목사님……, 목사님……, 목사님! 그 수다스러움에 온해는 어깨를 움츠렸다. 그러나 목사는 듣지 못했는지 돌아보지 않았다. 하긴, 이해 못 할 건 아니었다. 원체 해결해야 할 과제를 주면 거기에만 몰두하는 사람 아닌가.

온해는 몸을 돌려 방으로 들어갔다. 단칸방이지만 선풍기도 에어컨도 갖춰져 있었다. 사위가 선선해서 에어컨 대신 선풍기만 틀었다. 얇은 차렵이불을 덮고 누웠다. 잠은 잘 오지 않았다. 잘 찾아갔으려나. 오윤아가 목사의 굽은 목을 보고 몹시 놀랄 텐데, 어떻게 상황을 모면하려나. 한참을 생각하다가, 이렇게 잠을 자지 않으면 결승을 망칠 거라는 자각이 문득 들어 화들짝 놀라며 억지로 눈을 감고 양을 세었다.


겨우 두어 시간 뒤.

보살의 손길에 간신히 깨어나 눈 비비고 마당에 나온 온해는 목사를 보자마자 가슴이 철렁 내려앉았다. 무슨 일인지는 몰라도 경찰차에 탈 정도라면 분명 영혼으로서의 정체도 들켰을 텐데! 과연 어른이, 그것도 경찰이 이 이질적인 존재를 가만히 둘 것인가.

그럴 리가. 아마 어디 가둬 놓고 추궁할지도 몰랐다. 나라에 신고할지도. 그러면 지하 벙커 같은 곳에 감금되어 미치광이 과학자에게 생체 실험을 당하겠지. 아, 물론 영혼은 가두는 게 불가능하지만 어떻게든 그 방법을 찾아내겠지……. 정부와 미치광이 과학자라면 이미 알고 있을지도! 또는 병원에서 아직도 깨어나지 못했다는 목사의 진짜 몸을 끌고 올지도 모른다. 가뜩이나 힘들어 생을 마감하려 했던 사람을 더 괴롭힐지도!

온해는 경찰이 요구하는 대로 선수 등록증을 보여 주고, 무거운 더플백을 열어 그 안의 시합복이며 마우스피스 따위를 꺼냈다. 경찰들은 가슴 보호대를 보자 킬킬대더니 어떻게 착용하는 거냐고 물었다. 어떤 종이가 툭 떨어지자 득달같이 낚아채 펼쳐 보았다. 비임신 선언서. 경기에 참가하는 모든 가임기 여성들이 작성해야 하는 서류였다. 특히 복싱과 같은 격투기에서는 더더욱. 그런데 그게 대체 뭐 그리 웃긴 일인지. 설명은 하지 않고 저희들끼리 요상한 눈빛을 주고받는 경찰들 때문에 환장할 지경이었다.

여름이라 역시 일출이 빨랐다. 사위가 밝아지며 새 소리가 들리고 공양을 준비하는 보살이 짜증 섞인 눈빛으로 경찰들을 노려보기 시작했다. 그제야 경찰들은 자신의 본분을 깨달은 듯 급작스레 상황을 설명하기 시작했다. 그러고는 웃어 젖힌 게 미안했는지, 경찰차로 시합장까지 태워 주겠다고 건들거렸다. 그러나 온해는 그러고 싶지 않았다. 경찰에게 신세를 지고 싶지도 않을뿐더러 무엇보다……,

"왜 아까 솔직하게 말 안 했어요?"

목사의 손목을 감은 수갑을 보고서는 자꾸 눈물이 났기 때문이었다.

산 자들의 수갑이 어떻게 영혼의 손목을 감는단 말인가.

지금 눈앞에 있는 이 목사는, 진짜 몸을 가진 목사였다.

---

1. 레퍼리 복싱 경기에서 링 위에 있는 심판.
2. RSC 심판이 경기를 중단하는 상황을 말한다.
3. 카운터 상대 선수가 팔을 뻗으며 공격하여 오는 순간 되받아치는 기술.

# 4라운드
## 문정호의 경우

긴긴 의식불명 끝에 마침내 눈을 떴을 때, 문정호는 무서운 체념에 휩싸였다. 여태껏 내내 실패만 했던 인생인데, 왜 이번에까지 그래야 할까?

왜 하필 지금 깨어난 거지? 이토록 중요한 때에 대체 왜? 내일이면 결승인데.

마구 소리를 지르며 따지고 싶었다. '이 계절'이라고 하지 않았는가. 그동안에는 영혼 상태로 지낼 수 있다고. 보통 여름이라 하면, 한국에서는 무조건 8월 31일까지를 말하지 않나? 그런데 왜 아직 8월이 끝나지 않은 지금 깨어나야 하나? 뭐가 그리 급해서 나를 깨웠단 말인가? 억울함이 치밀어 올랐다. 그러나 그 빌어먹을 천사 견습생이 눈앞에 보이지 않는 한은, 아무리

분개해도 그저 수신자 없는 광분일 뿐이었다.

오래 누운 탓에 굳어 있을 사지를 움직여 보았다. 침대와 닿은 등이 견딜 수 없이 근지럽고 아팠다. 그러나 통증과는 별개로, 팔은 제법 유연하게 바로 쓸 수 있었다. 다리 역시 마찬가지로 움직임이 가능했다.

징그러운 천사 견습생을 만나고, 온해에게 자신을 소개하고, 그토록 하고 싶었던 훈련을 양껏 하고, 방구석에서만 혼자 분석했던 것들을 온해와 함께 토론했다. 죽은 영혼인 척하니 사람과 친해지기는 더 쉬웠다. 영혼만 내보내 꿈같은 하루하루를 보내면서 문정호는 가끔 이게 진짜로 죽어서 가는 천국이라면 얼마나 좋을까 생각하곤 했다. 그러면 끝이 없을 테니까.

문정호는 벨을 눌러 의료진을 부르지 않았다. 환자복 차림 그대로 병실을 빠져나간 뒤 병원의 장례식장으로 향했다. 꾸벅꾸벅 조는 사람들이 넘쳐나는 어느 빈소에 잠입해 검은 양복을 슬쩍했다. 훔치면서도 자신이 이런 짓을 할 수 있다는 사실에 크게 놀랐지만, 스스로 선택한 죽음에 실패한 사람으로서 무얼 못하겠는가.

그리고 무엇보다 온해와의 약속을 지켜야 했다. 아무도 없이 혼자 결승을 치르게 할 수는 없었다. 지금 깨어났다는 사실을 가족에게 들킨다면 결승을 함께하는 건 절대 불가능할 터였다. 그러니 빠르게 도주해야만 시합장에 갈 수 있었다.

남의 옷을 입은 채 마치 어항에 들어온 듯 습한 공기를 휘저으며 걸었다. 영혼 상태였다면 하나도 힘들지 않았을 텐데, 오래 누워 있느라 쇠약해진 몸이 땀과 비명을 동시에 질러 댔다. 그래도 쉬지 않고 걸었다. 두 다리는 무거웠지만 마음만은 알아서 계속, 잘 감은 태엽마냥 움직여 주었다.

그렇게 문정호는 홀로 시외버스를 타고 거평시로 향했다. 버스가 거평 시외버스 터미널에 도착했을 땐 오후 5시 즈음이었다. 일몰은 아직 조금 남아 있었다. 터미널 화장실에 들어가 낡은 세면대에서 세수를 하며 정신을 차렸다. 지금부터 바삐 움직인다면 온해가 마지막 밤만은 조금이라도 편한 곳에서 잘 수 있을 거였다. 교회든 성당에든 절에든 들어가 읍소할 작정이었다. 쪽팔려도, 힘들어도 해내야 했다. 전날처럼 스터디 카페에서 웅크린 채 자게 하고 싶지 않았다.

몇 시간 후, 땀범벅이 된 문정호가 꾸며 낸 사연과 꾸며 내지 않은 오늘의 수모(열 군데의 교회와 세 군데의 성당, 다섯 군데의 절에서 퇴짜를 맞은)를 들은 보살은 두 팔을 벌려 문정호를 안으며 말했다.

"세상에, 얼마나 긴 길을 돌아서 오셨어요?"

사람의 단단한 살갗과 근육, 그리고 뼈가 문정호의 몸을 통과하지 않고 와닿았다. 문정호는 그만 울음을 터뜨렸다. 왜? 왜 울음이 나왔을까. 나이에도 걸맞지 않게, 그리고 자신의 의지와도 무관하게.

알 수 없는 일이었다. 만약 자기 마음을 그리 쉬이 알 수 있다면 애초에 꿈이 무엇인지도 빨리 파악했겠지.

다만 진짜 몸으로 돌아왔다는 말을 온해에게 하지 않은 이유는 확실히 알았다. 두려워서였다.

영혼의 상태로 온해와 투닥거리면서 문정호는 자주 경이로워했다. 진짜 몸을 가지고, 숨 쉬는 사람의 모습으로 미원복싱 근처를 떠돌 땐 상상할 수 없던 일을 온해와 할 수 있다는 사실이 매번 꿈만 같았다. 어떻게 이럴 수 있었을까?

문정호가 내린 결론은 하나였다. 내가 자살한 사람이라 불쌍해서, 그리고 진짜 세계의 구성원이 아니라 한발 떨어져 있는 남이라서, 그래서 이 우정은 비로소 성립될 수 있었던 것이리라. 만약 내가 아직도 새마음교회의 목사 문정호였다면 아직도 서로 인사는커녕 무시하거나 노려보기 바빴을 테니까. 그렇게 결론지었다.

몸을 되찾자마자 욕창처럼 찾아온 지독한 두려움이 바로 그 때문이었다. 그래서 문정호는 자신에게 가장 익숙한 행동을 했다. 외면과 회피. 지금 네 눈앞의 문정호는 투명한 허깨비가 아니라 진짜 몸을 가진 문정호라는 사실을 토로하게 될 순간을, 최대한 먼 미래로 밀어 두었다.

아무것도 모르는 온해가 오윤아의 모텔 방을 찾아가 달라는 부탁을 했을 때도 자신이 방금 깨어난 진짜 몸이라고 실토하지 않았다. 비지땀을 흘리며 산을 내려가, 탈진하기 직전이 되어서야 그 모텔 앞에 이르렀다. 온해의 기대와는 달리, 이제는 벽을 통과할 수 없는 몸이었기에 오윤아를 만날 꾀를 짜내야 했다. 결국 카운터에서 난동을 부렸다. 내가 301호에 투숙한 미성년자 아버지다, 당장 들여보내 주지 않으면 미성년자를 혼자 숙박시킨 것으로 신고하겠다…….

문정호의 서슬에 겁을 먹은 카운터의 노부부는 곧바로 짤랑거리는 열쇠 다발을 들고 올라가 301호의 문을 열어 주었다. 그러고서는 본인들이 더 놀라 뒤로 넘어갔다.

객실 안쪽에서 거센 쌍욕이 들렸다. 온몸 가득 문신을 새긴 남자가 웃통을 벗은 채 주먹을 쥐고 걸어 나왔다. 문정호는 빠르게 눈을 굴렸다. 바닥 구석에 널브러진 오윤아가 보였다. 다행히 옷을 입고 있었다. 일반적인 동체 시력을 가진 사람이었더라면 거기에 시선을 뺏긴 채 날아오는 주먹을 맞았겠지. 그러나 이제 문정호는 자신이 어디에 재능을 타고났는지 알고 있었다.

함께 훈련하던 시간 동안, 온해가 짚어 준 문정호의 재능.

검고 펑퍼짐한 양복을 입은 중년 남자가 자신의 공격을 피했다는 상황이 제대로 인지되지 않는지, 문신남은 잠시 제 주먹과 문정호를 번갈아 쳐다보았다. 그러더니 발작적인 웃음을 터뜨리고, 액션 영화 속 주인공처럼 목을 좌우로 돌렸다. 우드득 소리가 났다.

문정호는 온해의 말을 떠올렸다.

"턱 붙이고 목 수그리지 않는 선수들 많거든요? 허세 부리는 애들이 대체로 그래요. 내가 방어 동작 안 해도 너 따위는 껌이다 이거예요. 그런데 그럴 때 거리 바짝 붙인 다음 살짝 어퍼컷 올려요. 세게 안 하고 진짜 살짝만 올려도 돼요, 턱은 완전 급소니까. 약하게만 맞아도 정신 못 차려요. 특히 거리가 중요해요. 어설프게 좁히면 걔 시야에도 보여서 맞기 쉽거든요? 그런데 아예 단번에 바짝 붙이면 상대에겐 안 보여요. 물론 그러려면 담력이 아주 강해야 하지만. 어쨌든 그렇게 가까이 간 다음 때리면 백 프로 들어가요."

거리를 좁히는 힘은 담력. 문정호는 두 손을 올렸다. 주먹은 관자놀이에, 팔꿈치는 몸통에 붙였다. 그러고는 몸을 잔뜩 수그린 채 남자의 몸으로 바짝 다가섰다. 남자의 손이 다시 한번 허공을 가르는 게 느껴졌다. 목이 기이하게 꺾인 상태가 아니었더라면 아마 얼굴을 맞았을지도 몰랐다. 문정호는 고개를 살짝 돌렸다. 두 팔 사이로 두툼한 턱이 보였다. 그 턱을 향해 '세게 안 하고 진짜 살짝만' 주먹을 올려 보았다.

주먹이, 남자의 턱에 맞았다. 생애 처음으로 무언가를 자신의 주먹을 사용해 가격해 본 순간이었다. 이런 느낌이구나. 문정호는 저린 손을 꼭 다시 쥐며 전율했다. 타격감이란 게 이런 거구

나. 공격을 성공시킨다는 게 이런 거구나.

턱을 맞아 머리가 뒤로 넘어간 남자는 씨근덕거리며 아무렇게나 주먹을 휘둘렀다. 가드로 올리고 있는 문정호의 양 팔뚝에 헤비급 정도는 될 남자의 공격이 툭툭 박혔다. 문정호는 그 주먹들을 받으며 뼈가 부러질지도 모른다고 생각했다.

그러나 분명, 분명 그렇게 배웠다. 광분하여 아무렇게 주먹을 휘두르는 상대는 가드가 엉망이기 마련이라고. 그러니 훨씬 이기기 쉬운 상태가 된다고. 누가 그걸 가르쳤더라. 김웅민인가, 김온해인가. 이젠 그 둘이 잘 구분되지 않았다.

마구 주먹을 내젓는 이의 빈틈이 보였다. 라이트 훅과 레프트 훅을 차례로 넣을 수 있을 것 같았다. 문정호는 팔을 뻗었다. 허리를 돌렸다. 양손을 세로로 세웠다. 체크 훅. 손깍지가 뻐근해졌다.

그 후의 일은 기억이 나지 않는다. 정신을 차려 보니, 경찰이 너무 맞아 그로기¹ 상태가 된 남자에게서 자신을 떼어 내고 있었다. 문정호의 양 주먹에는 멍이 잔뜩 들어 있었다.

"그 새끼, 원래 인터넷으로 여자 사칭하고 사기 치는 놈으로 유명하다니까? 학생이 제대로 증언만 해 주면 다시 몇 달은 집어넣을 수 있어요, 응? 근데 학생이 말을 안 하면 저 아저씨만 상해죄로 큰일이 난다고."

경찰은 목사가 이런저런 죄를 뒤집어쓸 거라 말했다. SNS에서 삼십 대 여성 뮤지컬 팬인 척 가증스러운 연기를 하던 불량배가 순진한 미성년자 뮤지컬 배우 지망생에게 접근했다, 까지는 너무나 혐오스러운 정보이지만, 그리고 문정호가 때려눕힌 그 불량배가 거평시에서 워낙 유명한 전과 몇 범이라고는 하지만, 놀랍게도 아직 그 누구에게도 상해를 입히지 않은 상태였기에 참작이 안 된다나. 불량배는 객실에 무단 침입하여 협박만 했고, 문정호는 오윤아의 가족이 아니므로 정당방위가 적용되지 못한다고 했다.

"학생, 학생이 모텔에서 있었던 일에 대해 제대로 증언을 해 주지 않으면 학생을 구해 준 분한테 상황이 불리하게 돌아갈 수밖에 없어. 상세히 증언을 해 줘야 돼. 무슨 일이 있었는지 아주 세세하게."

문정호가 아직도 경찰서에 붙들려 있는 결정적 이유는, 오윤아가 입을 꾹 다물고 있는 탓이었다. 오윤아는 그저 눈물만 쏟는 중이었다. 경찰들이 헛웃음을 지었다. 결국 고성이 이어졌다. 그러자 오윤아는 더 크게 울더니 간신히 한 문장을 뱉었는데, 그게 겨우 자기 부모에게 연락하지 말아 달라는 얘기였다.

"늦었어. 제일 먼저 연락 갔는데, 오고 계신대. 그러니까 제발 정신 차리고 말 좀 해라, 엉?"

경찰이 짜증 섞인 투로 말하자 오윤아는 더 크게 울부짖기 시작했다. 이젠 정말 발음이 완전히 뭉개져 하나도 알아들을 수가 없었다. 경찰이 쌍욕을 하며 머리카락을 손으로 헤집었다.

문정호는 자신의 손목을 감은 수갑을 물끄러미 내려다보았다. 오윤아의 부모가 여기 온다면, 그리고 울고 있는 딸과 수갑을 찬 자신이 함께 있는 장면을 본다면 어떤 오해를 하게 될까. 뻔했다. 거평시에서 유명한 불량배를 저 목사가 때려눕혔다는 경찰의 설명 따윈 안중에도 없을 것이다. 자기 딸이 왜 가출했는지도, 마찬가지겠지.

큰일이었다.

시간이 자정을 훌쩍 넘겨 여름의 이르디 이른 일출 시각에 가까워지고 있었다. 온해의 경기는 첫 번째 차례였다. 이렇게 경찰서에서 어영부영하다가는 결승을 챙겨 주지 못할 게 분명했다. 결승을 코치도 없이 혼자 뛰게 만들 수는 없었다, 절대. 차라리 죽는 게 나았다.

한참 성을 내던 경찰들이 투덜대며 단체로 담배를 피우러 나갔다. 지구대에 남은 사람은 하나도 없는 듯했다. 그제야 비로소 푸후, 하는 소리를 내며 오윤아가 숨을 쉬었다. 문정호를 쳐다보지는 않았다.

문정호는 초조한 마음에 상복의 재킷 안주머니로 손을 집어넣었다. 어, 무언가 잡혔다. 꺼내 보니 곱게 접힌 가제 수건이었다. 아마 울음을 터뜨릴 상주를 위해 배려 차원에서 들어간 아주 작은 서비스일 터였다. 문정호는 하얀 수건을 꺼내 오윤아에게 건넸다. 그러고는 너무 늦었지만, 잘 곳을 찾았으니 혼자 편히 지내라는 온해의 말을 전하기 시작했다. 김온해라는 이름 석 자가 나오자 오윤아는 눈을 휘둥그레 떴다.

경찰들은 생각보다 오래 담배를 피웠고, 그래서 문정호는 빠르게 지금껏 있었던 일을 압축하여 들려줄 수 있었다. 오랜 설교와 상담의 경력이 나름 도움이 되었다. 물론 굽은 목과 오래 쉰 성대는 힘들어했지만.

"아뇨, 난 이해가 안 돼요."

문정호의 말을 다 들은 오윤아는 한참 씹던 껌을 뱉듯 툭 말했다. 그래, 이 허무맹랑한 이야기가, 이해될 리가 없지. 문정호는 고개를 끄덕이려 했다. 그러나 오윤아가 이어 한 말에 뚝 멈추었다.

"천사? 영혼? 솔직히 그건 뭐, 나 알 바 아니에요. 세상에 그런 일이 있겠지. 당연히 있어야지. 그런 일도 없으면 삭막해서 어떻게 사냐고요. 근데 내가 짜증 나는 건요⋯⋯."

가제 수건의 흡수력이 썩 좋지는 않구나. 문정호는 오윤아의 눈물로 이미 흐물흐물해진 수건을 보며 이딴 생각이나 했다.

"내가 짜증 나는 건요. 나한테도 꿈이 있는데, 왜 내 꿈은 싹도 못 틔우고 계속 시궁창에 처박히냐는 거예요. 김온해는 예체능의 진로를 다 받아들여 주는 집에서 태어났잖아요. 게다가 그

행복한 조건에서 같잖게 반항을 해도 목사님처럼 느닷없이 도와주는 사람이 생기고. 그게 너무 슬프다고요. 그게……, 그게 꼭 나한테 말하는 것 같아요. 너는 애초부터 재미없고 평범한 인간이 될 운명이었으며, 그런 운명이었기 때문에 꼴사납게 발버둥 쳐도 결국 다 실패할 거라고.

뮤지컬, 무대, 연기나 노래 같은 거 다 남에게만 허락된 거고, 나는 결코 할 수 없는 거죠. 그러다 나이 들면 열등감 때문에 남 헐뜯거나 할 거고요. 그렇게 되고 싶지 않은데 되지 않을 방법을 전혀 모르겠어요. 이번에도 정말 큰맘 먹고 노력한 건데 실기 못 보게 됐잖아요. 엄마 아빠가 오면 그대로 끝일 테니까."

문정호는 오윤아의 말을 완벽히 이해했다. 꼭 자기 말을 하는 것 같았다. 왜 나는 꿈을 쉽게 찾을 수 있는 배경에서 태어나지 못했을까? 왜 어린 내게는 무언가를 미리 해 볼 기회가 없었을까? 문정호도 뒤늦게 아파하던 내내 그런 의문에 시달렸으니까.

아마 원래의 문정호였다면, 그 상황에서 삐걱거리다 아무 얘기 못 했을 거였다. 혹은 이미 오래되어 굳어진 목사로서의 자아를 버리지 못하고, 일단 부모님이 걱정하시니 집에 돌아가서 잘 설득해 보자, 같은 턱도 없는 안을 제시했을 거였다. 그러나 이어진 오윤아의 말이, 그 굳어진 틀을 부수고 문정호를 밖으로 꺼냈다.

"아까 예비 소집하는데 애들이 다 서로서로 알더라고요. 엄청 어렸을 때부터 학원 같이 다녔다나. 자기 꿈 미리 알고 준비한 애들한테 내가 어떻게 비벼요? 그러니까요, 사실 저를 애써 도와주시지 않아도 됐어요. 이미 저는 망한 인생이었어요. 너무 늦었으니까요."

'너무 늦었으니까요.'

목사는 그 말에 화가 났다. 서른 살에 복싱을 알고 쉰이 되어서야 그걸로 끙끙 앓았던 자신에게 오윤아는, 범접할 수 없이 탁월한 출발선에 서 있는 사람으로 여겨졌으니까. 열일곱이 늦었다고? 아무 생각도 자아도 없던 열일곱으로 돌아가 자신이 무얼 좋아하는 사람인지 깨닫게 만들 수 있다면 문정호는 무엇이든 다 내줄 수 있었다. 악마에게 영혼이라도 팔지 몰랐다.

그래서 아무 계획도 없이 무작정 제안했다. 아마 문정호의 인생을 통틀어 목을 맨 것 다음으로 파격적인 선택이었을 터였다.

"면접이 몇 시니? 지금 도망가서 면접 봐라. 책임은 내가 다 질게."

"미쳤어요? 경찰서에서 도망을 치라고요?"

"너한테 전혀 피해 안 가게 할게. 내가 협박했다고 하면 어떨까? 그러면 되지. 내가 그렇게 자백할게."

"믿겠어요? 아니, 그나저나, 도망은 또 어떻게 쳐요, 여기서? 바로 앞에서 담배 피우고 있는 사람들을 어떻게 따돌려요?"

잠깐만, 무언가 퍼뜩 뇌리를 스쳤다. 오른손을 들어 목 뒤를 만져 보았다. 구부정한 목뼈가 잡혔다. 혀를 쑥 내밀어 보았다. 그 상태로 오윤아 쪽을 돌아보며 으에엑, 하고 이상한 소리를 내자 오윤아가 놀라서 펄쩍 뛰었다. 어찌나 소스라쳤는지 걸쭉한 욕설도 뱉었다.

"저, 목사님이 모텔 방에 처음 들어왔을 때 진짜 기절하는 줄 알았다고요. 목은 이상하게 꺾여 있고, 얼굴은 완전 죽은 사람처럼 푸르죽죽해서! 그 문신남 때리는 거 못 봤으면 진심 귀신인 줄 알았을 거예요."

문정호는 급히 주위를 둘러보았다. 문득 오윤아의 옷에 시선이 멎었다. 저건 무슨 멋인가. 요새 애들은 저런 걸 유행으로 생각하나. 벨트 대신 난해한 무늬의 넥타이가 허리춤을 가로지르고 있었다.

무엇을 하려는지 오윤아에게 대강 설명했다. 새파랗게 질린 오윤아가 문정호의 팔을 붙들고 뇌까렸다.

"목사님 진짜 죽을 건 아니죠? 진짜 아니죠? 안 죽는 방법, 아는 거죠?"

"잘 알아. 아니까 얼른 가."

태평하게, 광혜암의 주소를 찍어 주고.

"거기 가면 온해가 있거든. 한마디만 해 줄래?"

물론 직접 말하고 싶었지만.

"체크 훅을 꼭 쓰라고……."

오윤아가 고개를 저으며 애타게 말했다.

"목사님, 그러지 말아요, 목사님이 직접 가서 얘기해요. 나는 어차피 복싱에 대해서는 아무것도 모른단 말이에요⋯⋯."

그러자 문정호가 말을 정정했다.

"그래, 이렇게 말해 줘라. 배운 대로 하면 된다고. 아빠한테 배운 대로 하면 된다고 말해 줘. 아빠가 옆에 있다고 생각하고 하라고."

겸손하고 성실할 것. 꼼수도 멋도 부리지 않을 것. 언제나 최악의 상황을, 자신도 모르게 날아올 주먹을 대비해 목을 한껏 구부린 채로 가드를 올리고 있을 것.

"처음엔 페이스에 약간 말릴 수 있는데 아니라고. 상대는 초반에는 키도 크고 기술도 화려해 보이는데 금방 배터리 떨어져서 지치는 애니까 우직하게 밀고 들어가라고. 그럼 된다고."

마치 너의 아버지처럼.

"주변에서 뭐라고 하든 신경 쓰지 말고 엉겨 붙으라고."

잊을 수 없던 사람이 처음 깨닫게 했던 꿈처럼.

"그렇게만 말해 주면 잘 알아들을 거야."


몇십 년 뒤의 네가 뒤늦게 찾은 꿈의 거대함에 완전히 미혹되어 이런 짓까지 벌이고 있다고 말했다면, 매일 새벽 일어나 아버지보다 앞서서 기도를 올리고 매일 밤 가족들의 머리맡을 돌며 하루를 정리하는 기도도 반복했던 어린 시절의 나, '어린 목사님'은 전혀 믿지 않았겠지?

이미 굽어 버린 목에 죽지 않을 만큼만 느슨하게 넥타이를 매며 문정호는 상상했다. 넥타이 한쪽은 지구대 출입문에 살짝 매어 두었다. 오윤아에게 고개를 살짝 끄덕이자 오윤아가 비명을 지르며 지구대 밖으로 뛰쳐나갔다.

연기를 정말 잘하는 애였다. 목청까지 좋았다. 헛된 꿈을 꾸는 건 아닌 게지. 문정호는 생각하며, 자신도 더 노력해야겠다는 생각에 혀를 쭉 내밀고 넥타이 자체에 체중을 좀 더 실어 누웠다. 조금 숨이 막히는 것도 같았으나 오윤아가 도망칠 때까지는 이 연극이 발각되면 안 되니까 순순히 눈을 감았다.

곧 지구대 밖이 소란스러워졌다. 문이 열리는 소리와 함께 남자들이 헐레벌떡 안으로 들어오는 기척이 느껴졌다. 귀를 잘 기울여 보니 다행히 여자애 목소리는 없는 듯했다. 잘 도망간 모양이었다. 연기도 잘하고 몸도 잘 쓰니, 뮤지컬 배우가 되기에 손색이 없구나. 문정호는 속으로 중얼거렸다. 얼른 도망가라, 도망가. 훨훨 날아가라.

아, 그런데 세상에.

지구대에 들어올 때 본 문에는 '제발제발 미시오'라고 적혀 있었다. 안에서 밖으로 나가는 방향으로는 반대로, '제발제발 당기시오'. 그래서 문정호는 문손잡이에 넥타이를 매면서도, 죽은 척하는 자신이 진짜로는 죽지 않을 거라는 자신이 있었다. 밖에 있는 사람들이 문을 밀고 들어오는 한 넥타이가 팽팽하게 당겨질 일은 없을 테니까. 오윤아 역시 표지를 잘 확인한 후 나갔다.

그러나 '제발'이라고만 써도 된다면 왜 군이 '제발제발'을 명시했겠는가. 그 이유를 목사는 잘 이해하지 못한 것이다. 목사는 갑자기 무섭게 좁아지는 기도에 깜짝 놀랐다.

"야, 이 새끼야! 너는 당기시오랑 미시오를 언제 구분할래, 어?"

아마도 높은 사람이었던 것 같은 이의 고함이 들렸다. 그러나 다른 생각을 더 잇기 전에, 까무룩 시야가 검어지고 모든 소음이 멀어졌다.


그리고 다시 천사 견습생이 나타났다.

천사 견습생의 눈알들은 모두 잔뜩 충혈되어 있었다. 누런 눈곱은 하나하나가 문정호의 주먹만큼 컸다. 한 곳을 보지 못하고 계속해서 시선을 이리저리 굴려 댔다. 딱히 무언가를 보려 드는 것 같지 않았다.

일단 문정호는 왜 아직 9월도 되지 않았는데 다시 원래의 몸으로 돌아왔는지 항의했다.

"'이 계절'이라고 하셨지 않나요? 한국 출신이 아니라 모르시는가 본데, 입추 지나고 개학은 했어도 아직 8월입니다. 한국에

선 9월부터가 가을이라고요. 그리고 산술적으로 따지고 보면, 한 계절은 보통 석 달입니다. 제가 7월에 목을 맸으니 솔직히 10월까지는 봐줘야 인지상정이 아닌가 싶습니다만."

그러자 눈알들이 더 심하게 파르르 떨렸다. 메아리처럼 목소리가 왕왕 울렸다.

"나한테 뭐라고 하지 말아라. 너 때문에 모든 게 망가졌는데!"

"망가지다뇨? 제가 뭘 잘못했다는 거죠?"

"네가 그렇게 말하면 아니 되지! 네가 나를 홀렸는데!"

"제가요? 대체 제가 누굴 어떻게 홀렸다는 말입니까?"

"나이 먹어서 갑자기 생긴 천사라는 꿈 때문에 그간 쌓아 온 삶을 무너뜨리는 걸 아무나 할 수 있는 줄 아는가?"

아니, 그러니까 그게 왜 내 탓이냔 말이지. 문정호는 다시금 뭐라 말하려다 우뚝 멈추었다. 이상했다. 천사 견습생의 저 논리, 어디서 많이 들어 본 것만 같은데.

속으로 곰곰이 생각을 곱씹느라 문정호가 조용해지자, 날뛰던 눈알들 역시 무안했는지 혹은 힘을 소진한 건지 조금은 진정된 듯했다. 시선이 점점 아래를 향하고 있었다.

"……내가 너, 어디서 어떻게 처음 발견했는지 이야기를 아주 구체적으로 한 적은 없는 듯하다."

네, 하고 문정호는 고개를 끄덕였다. 그러고 보면 확실히 이상한 일이었다. 목매 죽으려는 사람에게 항상 천사 견습생이 나타나는 건 아닐 테고. 그런 얘긴 어디서도 들어 본 적이 없는데.

"사실 정식 천사가 되는 마지막 관문은 신앙심이 떨어진 인간을 찾아 다시 원래대로 돌려놓는 것이지. 내가 너를 고른 이유는 간단했다. 한눈을 절대 팔지 않을 인간이었으니까. 그 어느 미로에 떨어뜨려 놓아도 원래 있던 자리로 꾸물꾸물 돌아가서는 계속 기도만 할 인간. 잠시 일탈이야 했지만 천사가 눈앞에 나타나기만 하면 벌벌 떨며 원래의 자리로 돌아갈 거라 생각했지. 그래서 기회를 준 것이다."

문정호는 탄식했다. 삶을 돌이켜 보면 확실히 자신을 끌어들이려 드는 것들이 없지는 않았다. 그러나 문정호에게는 아무런 타격이 되지 않았다.

관성.

그래, 문정호의 인생은 오로지 관성으로 이루어져 있었다. 한번 작용된 힘에 의해 시작된 움직임을 멈추지 않는 성질. 사람은 물체가 아니라서, 의지를 가지고 스스로 박동하는 독립체라서 그런 물리 법칙을 함부로 적용할 수 없겠지만 예전의 문정호는 거의 무생물에 가까웠다.

"나는 몰랐다. 죽지 않는 유예 기간이라는 은총까지 베풀어 줬는데도 네가 돌아오지 않을 거라는 사실을."

삐거덕, 하며 눈알들이 촘촘히 붙은 굴레와 날개가 움직였다.

"덕분에 나는 마지막 시험에 실패하게 되었어. 네놈 때문이다. 네놈이 내가 설계한 대로 행동하지 않아서."

하지만 저에게도 자유 의지가 있다고요. 문정호는 항변하려 했으나 천사가 이를 갈며 말했다.

"네놈에게 책임이 있어. 그러니 난 널 파멸시키고 싶어졌다."

"예?"

"완벽히 파멸시킬 것이다. 네가 소중히 생각하는 그 여자애 둘까지 다. 그 애들이 철저하고 처절히 실패해서, 너를 증오하 도록 만들 것이다."

"하지만 당신은 천사가 되고 싶어 했잖아요! 당신은 선해야 하는……."

"그래, 그리고 실패했지. 그러니 나 하고 싶은 대로 해 버릴 것이다. 시든 꿈의 눈치를 볼 이유가 뭔가?"

문정호는 눈을 껌벅이다가 천천히 물었다.

"그러니까 그 애들이 내일 끔찍한 좌절을 경험하게 만드시겠 다는 겁니까?"

"아아, 12시가 지났으니 내일이 아니고 오늘이지. 그렇지, 그 럴 거다. 차라리 죽는 게 더 나았겠다 싶을 정도로 창피하게 만 들 거야."

"그 와중에 저를 살리시겠다는 소리죠?"

"살려야지. 살려서 그 꼴을 보게 만들어야지."

그 말을 듣자마자 거센 기침이 터져 나왔다. 눈을 질끈 감은 채 한참 폐가 터질 듯 켁켁대다 눈을 떴더니 눈앞에는 경찰들이 가득했다. 수갑을 찬 채로 목사는 말했다.

"광혜암, 광혜암으로 가야 합니다. 가지 않는다면 어떻게든 다시 죽을 거예요. 혀를 깨물든 해서라도."

---

1. 그로기 복싱에서, 심한 타격을 받아 몸을 가누지 못하고 비틀거리는 일.

# 5라운드
## 김온해의 경우

"대패할 거야. 그러니 오늘은 기권하는 게 좋을 것 같아요."

이게 무슨 귀신 씻나락 까먹는 소린가? 온해는 목사를 노려보았다. 아니, 왜 거짓말했냐고 물었더니 석고대죄를 하지는 못할지언정 동문서답을 하고 있단 말인가? 게다가 대패라니? 내 실력이 그렇게 못 미더운가?

"정말이야. 내 말, 믿어요."

"지금 와서 목사님 말 믿으라 하면 퍽이나 잘 믿겠네요."

온해는 검지로 수갑 찬 목사의 손목을 꾹 눌러 보았다. 땀 흘려 축축한 살과 단단한 뼈. 이 사람은 더 이상 영혼이 아니다.

"이 경기, 되게 중요한 거 아시잖아요."

"그래서 기권하라는 거예요."

이어 목사가 주절주절 무언가 이야기를 털어놓았다. 온해는 옆에 앉아 듣고 있던 경찰관이 자신의 동료를 향해 고개를 절레절레 젓는 것을 보았다. 그러더니 검지를 세워 자기 관자놀이 근처에서 돌리기까지 했다. 그래, 미친 사람 같겠지. 처음부터 끝까지 현실성도 신뢰도도 전혀 느껴지지 않는 말이니까. 눈알 달린 바퀴? 천사? 시험에 실패해?

"오늘은 아무것도 하지 말아야 해요. 조금 참고 다음 대회를 준비해도 되잖아요. 오늘 욕심을 부렸다가는 진짜 상처받을 거예요. 꿈을 포기할 정도로, 복싱을 평생 못 할 정도로. 그 천사 견습생, 정말 지독한 놈이에요. 사람 삶은 안중에도 없어요. 부서지면 더 재미있어할 거예요."

"그럼 오윤아한테는 어떻게 말씀하시려고요? 저 말고 걔도 똑같이 실패시킬 거라고 했다면서요."

오윤아의 이름을 말하니 경찰관의 귀가 쫑긋 서는 게 느껴졌다. 목사는 두 눈을 질끈 감은 채 기어 들어가는 말투로, 거기까지는 미처 생각하지 못했다고 답했다. 자신에게는 온해가 훨씬 더 중요했다고. 물론 두 아이 사이에서 중요함의 경중을 가린다는 것이 어른의 도리가 아니라는 것을 분명히 알고 있으나, 어쩔 수가 없다고.

그러나 온해는 이해할 수 없었다. 조금 야속하기도 했다. 그래, 천사 견습생이 그런 식으로 목사에게 앙심을 품었다고 믿어 보자. 하지만 누가 조금 훼방을 놓는다고 해서 금세 도전을 포기하고 꿈을 손에서 놓아 버릴 수 있나?

온해는 그럴 수 없다고 생각했다. 그런 나약한 마음으로는 그 어떤 것도 이룰 수 없다고. 그리고 분명 오윤아 역시 자신과 같은 생각일 거라고. 그러다 퍼뜩 놀랐다. 자신이 너무나 당연히 복싱을, 이 경기를 '꿈'이라고 여기기 시작했다는 사실에.

그래, 이제 온해는 비로소 알 수 있었다. 지금 이건 분명 자신의 꿈이었고, 더 큰 꿈을 이루는 과정이었다. 확실했다.

"그런데 목사님."

"네?"

"목사님, 스파링이 오늘 처음 아니었어요?"

"……스파링?"

"모텔에서 때려눕혔다면서요."

"그렇죠……."

대단한 사람이었다. 보통 회원이라면 손 한 번 제대로 내지도 못하는 첫 스파링에서, 상대를 다운까지 시키다니. 심지어 마우스피스도 헤드기어도 없는데, 두려워하지 않고 용감하게, 조급해하지 않고 침착하게. 주먹을 무서워하지 않는 대담함도 타고난 재능의 일부였다.

그러나 잠깐. 목사의 그 대담함은 정말로 '재능'에서만 온 것이었을까? 온해는 문득 의문을 가졌다. 그 나이 먹도록 두려워서 정해진 길이 아닌 곳을 돌아보지 못했던 사람이다. 아버지 핑계를 대긴 했지만 나이가 몇인데, 취미로라도 체육관에 발을 들여 볼 수 있을 텐데, 그런 가능성조차 스스로 봉쇄한 채 곪은 마음을 방치하던 사람이다. 온해가 살아온 것보다 더 긴 세월 동안 열망을 일부러 부패시키던 사람이다. 그러니 목사와 대담함이라는 단어는 하나도 어울리지 않는다. 그런데 어떻게? 어떻게 첫 싸움에서 다운을 가져올 수 있었을까?

간지러워 말은 안 했지만, 사실 온해는 한순간도 잊을 수 없었다. 굽은 목을 한 채 샌드백 앞에서 동틀 때까지 기술을 연습하던 목사를. 타격감이 조금이라도 있어야 성취감이 들 텐데, 자신의 주먹이 샌드백을 그대로 통과하는 것을 보면서도 내내 움직임을 멈추지 않던 그 모습을.

그때 어떤 생각을 가졌던가. 물론 놀랍고 기특했으나 한편으로는 의문도 있었다. 저렇게 몰두해 봤자 뭐에 쓰지? 이미 죽은 유령이면서 어디서도 쓸 수 없는 걸 왜 연습하려고 드나, 의아했다.

그런데 그러한 과정에서 오히려 대담함의 씨앗이 서서히 발아한 것은 아닐까.

모두가 시들었다고 확신하며 내버리는 꿈의 더미에 남은 생명력을 알아볼 수 있는 기술은, 시든 꿈을 가져 본 사람만이 쓸 수 있는 게 아닐까. 한없이 바닥을 향해 휘어지는 줄기와 버석하게 끊어지는 잎을 차마 버리지는 못하고, 어찌할 바를 몰라 가슴 한편에 묻어 둔 사람만이 아직 죽지 않은 오래된 씨앗을 발견할 수 있는 게 아닐까.

그렇다면 그 시듦은 결과가 아니라, 힘든 훈련의 과정이라고 보아야 하지 않나. 시듦을 통과했기에 '겸손'하고 '성실'하며 무엇보다 자신이 꿈꾸는 바를 '사랑'한다면, 그렇다면 언젠가는 발아의 순간 또한 경험하게 되지 않을까.

오래 실패했던 목사가 지금 보여 주는 것처럼.

그래서 온해는 말할 수 있었다.

"목사님, 목사님 꿈만 대단한 것 같아요? 저에겐 열정이 없을까요? 제가 겨우 그따위 방해로 그만둘 것 같아요? 그만둔다고 쳐요. 언젠가는 다시 생각날걸요? 결국 목사님처럼 쭈글쭈글해져서 돌아올걸요? 그런데 그렇게 돌아와서는 슬퍼할까요? 아니지, 목사님처럼 겁나 열심히 훈련할걸요?"

덧붙일 말도 많았다.

"오윤아도 마찬가지예요. 걔가 그만둘 것 같아요? 걔는 더 갈망하게 될 거예요. 지금 쪽이 팔리든 아니든 상관없이, 언젠가는요. 마치 지금의 목사님처럼. 그리고 다행히 뮤지컬 배우는 복싱 선수보다는 훨씬 더 나이에 구애받지 않는 일이긴 하죠."

그러니까 말하고 싶은 것은 아마도 이것이었다.

"그놈의 개 같은 천사요? 걔가 이번에 백 프로 실패하게끔 만들었다면 뭐, 이번엔 어쩔 수 없겠죠. 그런데 전 별 상관없어요. 괜찮다고요. 제 말 믿으세요."

"……오윤아는요? 그 애에게도 상황을 말해 줘야 포기할지 그래도 부딪혀 볼지 선택하지 않겠습니까? 스승님은 괜찮다고 하더라도 걔는 아닐 수 있습니다. 다시는 이 꿈에 도전하지 않을 수도 있지요……."

온해는 목사의 귀에 대고 속삭였다.

"목사님, 왜 저를 믿고 오윤아는 못 믿는 거예요? 면접 보겠다고 집에서도 도망치고 불량배에게서도 도망치고 경찰한테서까지 도망친 애예요. 저보다도, 목사님보다도 더 절실한 애예요."

그러고서는 귓속말하지 말라며 뒤늦게 저지하는 경찰의 앞에서 어깨를 으쓱거리더니 큰 소리로 들으란 듯 말했다.

"걔가 실패하든 말든 무슨 상관이람? 저는 걔네 부모님 때문에라도 걔는 책임 안 져요. 얼마나 큰 상처를 줬는데."


목사가 죄목에서 벗어나는 기회는 의외의 곳에서 왔다. 바로 광혜암의 보살이었다. 목사가 실은 온해의 아버지가 아니고 그저 같은 동네 목사일 뿐이었다는 사실을 알게 된 보살은, 어딘가 단단히 착각한 모양이었다. 온해가 아버지 없이 교회에서 큰 아이라고 멋대로 상상해 버린 것이다.

그러고는 경찰을 마구 혼냈다. 저런 불우 청소년이 올곧게 커서 오늘 결승 무대에 오른다는데, 민중의 지팡이라는 당신들이 그 경기를 망치고 있다. 이렇게 아침부터 마음이 흔들려서 어떻게 경기를 할 수 있겠냐. 당신들이 창창한 고등학생의 인생을 나락에 빠뜨리고 있다. 한참을 설교하더니 자신이 보석금을 내면 목사를 풀어 주겠느냐고까지 물었다. 그 말을 들은 경찰들은 당황하는 기색이 역력했다.

"자네들은 무려 경찰서에서 목을 맨 사람을 병원에도 데려가지 않았어. 피도 눈물도 없는 것들."

"아니, 보살님! 본인이 여기로 오겠다고 했다니까요?"

"방금 목을 맨 사람이 제정신으로 말을 하겠는가? 자네들은 자살하려 한 사람을 붙잡고 계속 취조를 하고 있는 거야!"

"그렇게 말씀하시면 저희가 진짜 쓰레기 같잖아요!"

"쓰레기가 맞지! 내가 제보할 거야!"

"보살님! 그러지 마시고, 제발. 게다가 도망간 그 여자애 부모가 거의 다 도착했단 말이에요. 그런데 애를 도망시킨 용의자가 없다고 하면 저희 체면이 뭐가 됩니까?"

"옳거니! 걸렸다. 자기들 잘못 인정하기 싫어서 지금 죄도 없는 사람을 희생양으로 붙잡아 놨다, 이 말이지?"

"아, 미치겠네, 진짜."

보살은 막무가내였다. 한참을 보살과 투덕거리던 경찰들이 서로 모이더니 낮은 목소리로 중얼거리며 의견을 나누었다. 결국 경찰 하나가 와서는 투덜거렸다.

"문정호 씨."

"예."

"그 여자애 부모가 지구대에 도착했다고 하거든요? 우리랑 같이 가서서 부모한테 한마디만 하시죠. 그럼 훈방 조치하고 보내 드릴 테니까."

"무슨 한마디요?"

"그 집 딸, 목사님이 도망시켰고, 경찰한테는 책임 없다는 말이요."

보살이 다시 발끈하려 했으나 목사가 먼저 선수를 쳤다.

"좋습니다, 그렇게 하죠."

그러더니 온해에게 말했다.

"두 시간 후 시합장 앞에서 봅시다."


두 시간 후 시합장 앞에는 정말로 목사가 서 있었다. 그런데 얼굴이 엉망이었다. 왼쪽 눈에 멍이 심하게 들어 있었다. 눈꺼풀도 퉁퉁 부은 채였다. 온해가 준결승에서 얻은 상처와 정확히 같은 위치에 같은 모양. 아직 온해의 상처도 건재했기에 둘을 나란히 세워 놓으면 꼭 서로의 복사본 같아 보였다.

오윤아의 아빠에게 맞았다고 했다. 온해로서는 도저히 납득이 안 되는 말이었다. 오윤아의 아빠를 몇 번 본 적이 있었다.

운동이라고는 숨쉬기밖에 안 해 봤을 것 같은 그 주먹에 목사가 맞았다고? 가드를 안 올리고? 거리도 멀리 두지 않고? 일부러라고밖에 해석할 수 없는 결과였다.

"실기 보는 것부터 죽어도 막아야겠다고 해서, 같이 경찰차 타고 그 학교 갔거든요. 그런데 교문이 이미 잠겨 있더라고. 입시 할 때는 외부인 못 오도록 그렇게 다 막아 놓는다나 봐요. 그 앞에서 한참 경비원이랑 실랑이를 하더니 갑자기 나를 때렸어."

"맞아 준 거죠?"

목사는 씩 웃었다.


온해는 가슴 보호대를 하고, 시합복으로 갈아입었다. 통로에 즐비하게 늘어서서 막바지 훈련을 하는 사람들을 피해 구석으로 향했다. 손에 밴디지를 감고 몸을 풀기 위한 섀도복싱을 시작했다. 목사가 수건을 어설프게 손에 말아쥔 채 옆에서 얼쩡댔다. 목사가 옆에 있는 것은 처음이었다. 영혼 상태일 때는 항상 사람들을 피해 관중석에 올라가 있곤 했는데.

"목사님, 오늘은 코너에서 세컨드¹ 봐 주실 수 있죠?"

온해는 목사가 몸을 가지게 된 것이 진심으로 기뻤다. 의연한 척했지만, 사실은 내내 코치도 없이 혼자 링에 오르는 것이 창피하고 서글펐음을 부정할 수 없었다.

목사는 바보처럼 물었다.

"세컨드는 뭘 하면 되죠?"

"아시면서. 라운드 중간중간 쉬는 시간마다 올라와서 의자 세팅해 주고, 물 먹여 주고, 수건으로 부채질해 주고. 그리고 제일 중요한 건, 다음 라운드 때 어떤 전략 쓸지 말해 주는 거죠."

"알기야 알죠. 그런데…… 내가 없어도 잘할 수 있지 않아요? 지금까지 혼자서 해 왔잖아."

또 저 아저씨가 뭔 헛소리를 하는지. 온해는 이제 목사의 속내를 빤히 들여다볼 수 있었다. 말과는 달리 벌름거리기 시작한 콧구멍과 커지는 동공, 그리고 슬며시 흘러내리고 있는 땀방울로 미루어 보건대, 목사는 벌써부터 링 위를 기대하고 있었다. 세컨드란, 곧 선수를 지도한 스승이다. 스승으로서 링에 올라가 목에 핏대를 올리며 멋지게 전술을 지시하는 자신의 모습을 속으로 그려 보고 있을 게 분명했다.

"그 천사인지 뭔지가, 내가 완전 폭망할 거라고, 완패할 거라고 그랬죠?"

"그랬죠."

"진짜로 완패하면 목사님 탓하면서 정신 승리하려고 부탁하는 거예요. 목사님이 전술 잘못 짜 줘서 망했다, 그렇게 탓할 작정으로요."

목사의 멍든 얼굴이 환해졌다. 온해는 마주 미소 지으며 안심했다.

경기용 글러브를 받아 끼고, 링에 오르려는데 목사가 먼저 올라가더니 링 로프를 벌려 주었다. 어디서 본 건 있어 가지고. 온해는 피식 웃으며 그 사이를 넘어 링 안으로 들어섰다. 가벼운 몸도 몸이지만, 누워 잠을 잔 덕에 시야가 훨씬 또렷해졌다. 스터디 카페에서 자고 출전했던 이전 경기들과는 사뭇 달랐다.

그놈의 빌어먹을 천사 견습생과도 한번 겨뤄 보고 싶을 정도로 컨디션이 좋았다. 물론 질 수야 있겠지만, 이 꿈을 포기해야겠다 싶을 정도로 끔찍한 패배는 결코 당하지 않을 거라고 자신할 만큼이었다.

심판에게서 주의 사항을 듣고 다시 코너로 돌아왔다. 경기 시작 삼 초 전. 온해는 목사의 굽은 목이 거의 펴질 것처럼 빳빳해진 모습을 보고서는 웃으며, 글러브 낀 손으로 목사의 어깨를 쓰다듬었다. 글러브 때문에 툭, 툭 쥐어박는 꼴이 되어 버렸지만.

셋, 둘, 하나, 삐익.

벨이 울렸다. 온해는 목사에게서 등을 돌렸다.

뚜벅뚜벅, 초현실적 존재가 엄포한 절망을 향해 걸어 나갔다.

---

1. 세컨드 복싱에서 경기 중 선수를 돌보는 사람.

## 6라운드
### 김웅민의 경우

아기를 처음 품에 안은 순간을 김웅민은 기억한다. 따뜻하고 안온한 병원 안이었으면 참 좋았겠지만, 그게 아니라 자신이 훈련하는 체육관 앞 골목길에서였다. 강보로 싸인 아기가 담긴 상자 옆에는 메모가 적혀 있었다.

부디 테려가 잘 키워 주시길 바랍니다. 정말 감사드립니다.

아기를 감싼 두 팔의 단단한 근육으로 팔딱거리는 심장의 박동을 느끼며, 김웅민은 그대로 체육관에 돌아왔다. 웬 아기냐고 모두 난리가 났다. 김웅민은 간단히 대답했다.

"제 딸이에요."

여자 사귀는 걸 한 번도 본 적이 없는데 무슨 소리냐며 더 난리가 났다. 김웅민은 대답하지 않고 웃을 뿐이었다. 메모는 찢어서 휴지통에 버렸다.

김웅민 자신이 이미 오갈 데 없는 과거를 보냈기 때문이다. 처음엔 보육원에서 살다가, 열일곱이 되자 너무 컸다는 이유로 쫓겨났다. 여기저기 떠돌고 간신히 신세를 지며 어른이 되었다. 이름도 없는 그 아기에게 같은 과정을 반복하게 만들고 싶지 않았다.

아직 한치명의 밑에서 가르침을 받을 때였다. 프로 데뷔가 코앞이라서 죽어라 훈련해야 했다. 울며 보채는 아기를 체육관 사무실에 눕혀 놓은 채 훈련했다. 삼십 초짜리 쉬는 시간마다 물도 안 마시고 달려와 아기의 상태를 확인했다. 체육관 훈련생 사이에서 자신에 대한 온갖 소문이 나도는 것을 알았지만 신경 쓰지 않았다. 아기만 잘 키우면 될 것 같았다.

그런데 스승이 최고의 걸림돌이 될 줄이야.

한치명의 인성이야 쓰레기 중의 쓰레기인 걸 복싱계 사람들은 모두 알았다. 그래도 워낙 명성이 있고 가르치는 능력 역시 탁월했기에 제자들이 많았다. 김웅민 역시 폭력과 폭언을 모두 참으면서 배우고 있었다.

그러나 아기에게까지 더러운 손을 뻗칠 줄은 꿈에도 몰랐다. 아기를 사무실에 뉘어 놓은 후 열심히 섀도복싱을 하던 어느 날, 별안간 사무실 벽을 넘어 울려 퍼지는 아기 울음소리에 김응민은 훈련을 멈추고 달려갔다. 그리고 보고 말았다. 울음소리가 시끄럽다며 그 작은 아기를 때리고 있는 한치명을.

저 개새끼가.

김응민은 그대로 사무실 안으로 돌진하고는 한치명을 향해 주먹을 날렸다. 상하 관계가 목숨과도 같던 당시 복싱계에서 그야말로 전무후무한 하극상이었다. 그래도 괜찮았다, 이 판에서 완전히 쫓겨난다 해도. 김응민은 계속해서 손을 움직였다. 곧 주먹이 아파 왔다. 꽤 많은 타격을 한 셈이었다.

그날은 항만시에서 개최되는 김응민의 프로 데뷔 전날이었다. 김응민은 오른손 손가락뼈 하나에 금이 갔다. 그대로 다음 날 링에 올랐다. 장기를 아무것도 보이지 못하고 패배했다. 심지어 한치명 역시 처참하게 졌다. 경기가 끝난 후 한치명에게 불려가 맞았다. 김응민은 직감했다. 이제 내 선수 생명은 끝이로구나, 하고.

뭐, 괜찮았다.

그렇게 데려온 아이를 열일곱이 될 때까지 키웠다.

"딸이랑 아빠가 어떻게 이리 닮았지요? 눈코입이 다 똑같네."

사람들이 칭찬조로 말할 때마다 김응민은 활짝 웃었다. 그 누구에게도 친딸이 아니라고 이야기하지 않았다. 그럴 필요도 없었다. 아이 엄마에 대해 예의 없이 묻는 사람들도 넘쳐났지만 적절히 꾸며 댔다. 어차피 평소에 말이 많은 성격도 아니었으니까.

한때는 모두가 그 아이를 김응민의 실패이자 짐이라고 평했었다. 심지어는 김응민 자신도 가끔 헷갈렸다. 이게 맞는 길이었을까. 내가 괜한 욕심에 나와 저 아이, 두 사람의 인생을 동시에 불행하게 만든 것은 아닐까. 그러나 아이가 크면 클수록 그 의문이 차츰 옅어졌다.

그런데 갑자기 찾아온 사춘기에 어떻게 대응해야 할지 알 수 없었다. 혼낸다면 친자식이 아닌 아이에 대한 학대는 아닐까, 그러나 반대로 방관한다면 아버지로서의 직무 유기가 아닐까. 아이는 어떻게 생각할까. 속내를 들여다볼 수도 없으니 괴로웠다. 아이에게 내내 강조했던 '겸손'과 '성실' 또한 신발 속 가시처럼 김응민을 괴롭혔다. 그것마저 내 욕심은 아니었을까?

이 애가 진짜로 뭘 원하나? 이 애는 어떤 사람이 될 아이였을까? 왜 이 애는 지금껏 내가 하자는 대로 따라왔을까? 내가 강요하지 않았다면 이 애가 가졌을 꿈은 뭐였을까?


온해의 첫 가출 때는 배신감이 김응민을 뒤덮었다. 그래서 속좁게도 돌아온 아이를 투명인간 취급했다. 잘못된 방향이란 걸 알면서도 이성적으로 행동할 수가 없었다. 그런 자신이 김응민은 한심했다.

온해가 두 번째로 없어진 걸 발견했을 때, 김웅민은 온해의 방에서 익숙한 물건들이 사라진 것 또한 알아챘다. 집채만 한 더플백과 시합복, 마우스피스, 그리고 혼자 운동하는 데 필요한 각종 용품들. 국대 결정전에 갔구나, 알 수 있었다. 보호자 인적 사항이야 뭐, 아빠의 개인 정보를 멋대로 썼을 거라고 생각했다.

경찰서에 가서 위치 추적을 요청할 필요도 없었다. 우스운 일이었다. 국대 결정전은 유튜브에서 빤히 라이브로까지 송출이 되는 대회였다.

준준결승과 준결승, 코치가 몇 명씩 따라붙는 상대방에 세컨드 없이 홀로 맞서는 아이의 모습을 김웅민은 밤새도록 돌려 보았다. 잠은 어디서 잔 걸까. 밥은 어떻게 먹은 걸까. 걱정이 되어 미칠 지경이었다.

라운드 사이의 쉬는 시간에 온해는 의자에 앉지도, 부채질을 받지도, 물을 마시지도 못했다. 그냥 코너에 우두커니 서서는 가쁜 숨을 몰아쉬고 있었다. 준결승 날에는 녹화 중인 카메라 옆에 앉은 사람의 목소리가 흘러들어왔다.

"설마 쟤, 혼자 나온 거야? 세컨드 하나 없이? 미쳤나?"

온해는 그런 말을 들으며 그 자리에 의연히 서 있었다, 보란 듯이.

저 애는 낳아 준 아빠와 키워 준 아빠 그 누구보다도 더 나아.

김웅민은 벌떡 일어나 달력을 뜯고는 절반으로 갈랐다. 양쪽에 매직으로 쓱쓱 적었다.

*8월 31일 개인 사정으로 휴관합니다.*
*전 회원 일주일 자동 연장.*

안내문을 출입문에 하나, 거울에 하나 붙여 두었다. 그러고는
서둘러 시외버스 터미널로 향했다.

미안하다고 말할 것이었다. 너를 의심해서, 너를 모른 척해
서, 무엇보다 혼자 링에 서게 해서 미안하다고.

그러나 거평시 체육관에 도착한 직후, 몸을 푸는 숱한 선수들
사이에서 온해를 발견한 김웅민은 아이가 혼자가 아닌 것을 보
았다. 온해와 말도 안 되는 소문으로 얽혔던 옆 호실 목사가 그
옆에 서 있었다.

그냥 서 있는 것도 아니었다. 시합복 차림의 온해가 그와 시
합에 대한 상의를 하고 있었다. 멀찍이 떨어져 있어 목소리는
들리지 않았지만, 몸짓으로 보아하니 그 목사가 강조하는 작전
은 아마도 상대와 엉키면 앉아서 레프트 보디를 치고 위로 올라
와 레프트 훅을 한 번 더 치라는 얘기 같았다. 혹시라도 밀리면
쉬지 않고 원투 한 번 더. 분명 체육관에 와서는 내내 경멸조로
화만 내던 사람이었는데, 놀랍게도 그가 지시하는 동작은 김웅

민이 온해에게 귀띔하고 싶은 그대로였다.

……나는 아직도 당신을 모르겠구나. 도대체 무슨 생각인지, 어떤 마음인지.

사실 김웅민은 문정호를 진작에 알아보았다. 새로 입주한 교회라며 인사를 오기 전, 입주 공사를 할 때 이미 지나가며 확인했다. 잊을 수 없는 사람이었다. 온해를 거두기 전 평생을 통틀어 타인에게서 그런 애정을 받아 본 것은 처음이었으니까. 자신의 모든 것을 인정해 주고, 소중히 대해 주고, 또 존중해 주려 노력했던 사람이었다. 다른 선임들과는 달랐다. 그런 사람이 백팔십도 변해 후임인 자신을 괴롭힐 수 있다는 사실을 안 것도 처음이었다. 김웅민은 이유도 모른 채 배신당해야 했다.

짐짓 알아보지 못한 척한 이유는 그래서였다. 배신감을 갚아 주고 싶었다. 아마 그런 식으로 거짓말을 한 것은 난생처음이었을 것이고 두 번 다시 없을 터이다.

그 문정호가 대관절 왜 여기 있단 말인가. 다른 부모였다면 당장 그 현장을 덮치고, 상대의 멱살을 잡고서는 자초지종을 취조하려 들었을지도 모른다. 그러나 온해는 지금 경기 전 막판 섀도복싱을 하고 있었다. 방해해서 리듬을 깨고 싶지 않았다. 더군다나, 김웅민은 온해가 상대를 정확히 파악했다는 사실을 알 수 있었다. 링에 올라 저대로만 할 수 있다면 질 확률은 희박했다.

그래서 기둥 뒤로 몸을 숨겼다. 발걸음을 빨리 놀렸다. 관중석으로 들어가는 입구를 찾아 체육관을 반 바퀴 빙 돌았다.

선수는 절대 찾을 수 없을 관중석 구석에 들어가 자리에 앉을 때까지 김웅민은 자신의 볼이 뜨겁고 축축하다는 사실을 인지하지 못했다. 고개를 들어 링을 보고, 왜 링이 이렇게 흐릿하게 보이는지, 왜 선수들의 동작이 하나도 눈에 들어오지 않는지를 잠시 고민해 보고 나서야 자신이 펑펑 울고 있다는 사실을 깨달았다.

언제나 내가 지켜 줘야만 할 거라고 생각했는데.

김웅민은 자신이 자라는 동안 받지 못한 모든 사랑을 주리라고 다짐에 다짐을 거듭하며 아이를 키웠다. 아이가 자신의 발자국을 그대로 따라 걸을 때마다 어찌나 경이로웠던지. 무심한 척하면서 속으로는 은근히 다른 아이들과 비교하며 기특해하기도 했다.

내가 그리던 아이의 모든 순간에서 주인공은 아이가 아닌 나였을지도 모른다고, 김웅민은 관중석 맨 구석에서 마침내 곱씹기 시작했다. 지금 김웅민 없이도 아이는 의연히 대회에 참가했고, 홀로 결승까지 올라왔으며, 스스로 이길 수 있는 전략을 짜 놓고 있었다. 심지어는 김웅민이 아닌 지도자까지 두면서. 그러니까, 결국 이제 더는 아빠가 필요 없다는 소리이기도 했다.

딸은, 온해는 독립하고 있었다.

"A-50 경기 진행합니다. 홍 코너, 미원복싱 김온해. 청 코너,

LJ파이트클럽 연성현."

안내 방송을 듣고 김웅민은 서둘러 가방을 뒤졌다. 온해의 땀을 닦아 주려고 챙겨 온 수건으로 눈물을 닦고 코를 풀었다. 경기가 시작된 이상 회한과 슬픔은 뒤로 미뤄야 했다. 가방을 다시 뒤져 안경을 꺼냈다. 요새 이른 노안이 오는 것 같아 맞춘 돋보기였다.

링에 온해가 올랐다. 이어 코너에 그 목사, 문정호가 섰다. 온해에게 물을 한 모금 먹이고서는 뭐라 주문을 하는 듯했다. 온해가 그의 말을 듣고 고개를 끄덕였다. 김웅민은 입술을 깨물었다. 가슴이 터질 것 같았다. 온해가 날아가고 있었다. 김웅민의 둥지를 벗어나고 있었다.

양쪽의 글러브가 부딪고 땡, 소리가 났다. 김웅민은 두 손을 맞잡았다. 그러고 보니 온해의 경기를 코너가 아닌 관중석에서 보는 건 처음이었다. 파이팅이라도 크게 외치고 싶었으나 비인기 종목의 관중석은 고요했다. 손뼉이라도 친다면 바로 발각당할 거였다.

"사랑해."

그래서 김웅민은 나지막이 이렇게 말할 뿐이었다.

"사랑해, 너는 잘할 수 있어."

# 7라운드
## 김온해의 경우

"앞서고 있어요. 이번 라운드는 완전 이겼어."

본 게 있어서인지, 목사는 확실히 코너의 세컨드 일에도 능했다. 타임벨이 땡 치자마자 부리나케 의자를 위로 올리고, 링으로 올라와서는 수건을 펄럭대며 땀을 식혀 주고, 생수병을 열어 물까지 먹여 주었다. 물론 덜덜 떨리는 손은 감춰지지 않았지만.

온해는 천천히 숨을 골랐다. 1라운드는 아무래도 완승이었다. 하지만 긴장을 놓을 수는 없었다. 언제 어떻게 급소를 맞고 뒤로 넘어갈지 모르는 게 격투기니까.

"아까 말했던 그대로예요. 보니까 쟤가 아웃복서'라 그런가, 짤짤이하면서 포인트를 노리긴 하지만, 그건 스승님 가드에 다 걸리고. 밸런스가 되게 안 좋거든요? 몸의 무게 중심이 너무 뒤에 가 있어요. 그러니까 빠르게 붙은 다음 한 방을 노려야 돼요. 진짜 센 걸 집어넣어야 한다고. 그럼 바로 고꾸라질 거예요."

목사의 말에 온해는 되물었다.

"체크 훅?"

"체크 훅 좋죠!"

"해 볼게요."

온해는 양 주먹을 서로 툭, 툭 맞부딪치며 2라운드를 위해 나섰다. 예상보다 훨씬 몸이 가벼웠다. 마치 각성이라도 한 것처럼 숨도 차지 않았다. 아빠가 이 모습을 봤으면 얼마나 좋았을까. 온해는 생각했다.

아니다. 집중해야 한다, 집중. 딴생각이 나는 것 자체가 겸손하지 못하고 상대를 얕보고 있는 증거일지도 모른다. 그러니 오롯이 경기에만 몰두하자.

상대는 딱히 전략이 바뀌지 않은 듯했다. 한 라운드를 겪고 나니 패턴도 완전히 눈에 보였다. 목사와 함께 봤던 비디오에서 비슷한 선수가 있었다. 어떻게 하면 그런 선수를 이길 수 있을까 골똘히 연구했던 기억도 났다.

의도적으로 거머리처럼 달라붙었다. 공격 몇 개가 먹혀 들어갔다. 맞은편 코너의 목소리가 커지는 것을 듣자니 수세에 몰린 걸 느낀 듯했다. 상대가 당황하고 있었다.

2라운드가 끝났다. 체크 훅을 쓸 타이밍은 아쉽게 잡지 못했으나 강한 유효타가 많이 누적되었다. 목구멍과 콧속에서 쇠 냄새가 났다. 설마 코피가 나나, 하고 글러브로 얼굴을 쓱 쓸어 보았지만 콧물이었다. 목사가 세팅해 준 의자에 털썩 주저앉았다.

수건을 펄럭이는 목사를 보다가 온해가 물었다.

"목사님, 이 경기 끝나면 어떻게 하실 거예요?"

이제 새마음교회는 없고, 병원에서 몰래 탈출한 이상 가족과의 화해도 요원할 것이며, 가족과 화해한들 다시 목사의 삶으로 돌아가야 할 터인데. 그러면 복싱과는 다시 멀어질 터였다. 그러나 목사는 눈을 부라리더니 "집중, 집중!" 하고 성화했다. 하긴, 3라운드 끝나고 물어도 되는 걸 괜히 서두른 감이 있었다.

하지만 신경 쓰지 않을 수 없었단 말이다. 지금 이 상황에서 목사를 제외한 이들에게는 어쨌거나 대충 예상할 수 있는 미래가 있었다. 온해는 지든 이기든 계속 살 집이 있었다. 아빠와 언제 화해할지는 꿈에도 모르겠지만, 계속 학교에 다니고 훈련을 할 터였다.

오윤아도 마찬가지였다. 만약 그놈의 천사 뭐시깽이가 농락한 결과로 편입 시험에서 떨어진다 하더라도, 목사 덕에 가장 심한 비극은 피할 수 있었으므로 그 애는 살아야 한다. 이 시합만 끝나고 나면 온해가 멱살 붙들고 함께 살아갈 것이다. 그런데 목사는? 목사는 이제 어디서 어떻게 무슨 꿈을 품고 살아야 한단 말인가?

……그런데 왜 이렇게 쉬는 시간이 길지?

온해가 의문을 품음과 동시에, 링 아래가 시끄러워졌다. 코너 쪽이 아니라 심판들이 앉아 있는 쪽이 소란스러웠다. 온해는 그 쪽을 돌아보았다. 그러고는 두 눈을 믿을 수가 없었다.

온해는 심판석에 난입한 사람들을 하나하나 알아보았다. 일단 오윤아의 부모가 있었다. 평소 고상한 표정으로 체육관 재등록을 하던 모습과 달리, 내 딸을 찾아내라며 아귀처럼 굴었다. 그리고 그 옆에는 목사의 도플갱어, 목사 1부터 4. 백발성성한 아버지까지 빼지 않고 합류한 모양이었다.

어떻게 저 사람들이 한날한시에 거평시 실내 체육관에 모일 수 있을까. 이게 바로 목사가 말했던 그 천사인지 뭔지의 비현실적 힘인가. 온해는 눈을 질끈 감았다. 그 사람들이 외치는 내용은 제각기 달랐지만 딱 하나, 중복되는 석 자가 있었다.

"김온해!"

저 애는 저기 설 자격이 없다며 당장 끌어내리라고 사람들은 아우성쳤다. 온해도 익히 아는 바, 이런 비인기 종목의 청소년 대회엔 경기 진행 위원 따위는 몇 없었다. 나이 지긋한 심판들은 아무것도 막을 힘이 없었고, 협회의 어르신들은 어디 가서 낮술이나 마시고 있을 터였다. 그야말로 난장판이었다.

불청객들은 계속 소리쳤다.

"김온해 저 애를 끌어내라고!"

돌연, 그중 한 사람이 링 위로 기어 올라왔다. 그를 시작으로 모두가 열에 들떠 아우성치며 링으로 침입했다. 물론 모두가 링에 처음 오르는 사람들이었으므로 링 로프를 넘는 법도 몰랐다. 그래서 볼썽사나운 꼴로 넘어왔다. 바닥에 뒹굴거나, 괜히 높이 있는 줄을 타다가 나자빠지거나. 그래도 올라왔다.

관객 하나 없어 고요하던 체육관을 시시각각 커지는 굉음이 덮고 있었다. 다른 선수들과 코치진들도 수군거리며 A링 쪽으로 몰려들었다. 그러나 난입한 이들을 제압할 생각은 없는 듯 모두 방관하고 있었다.

온해는 링에서 내려갈 수 없었다. 아직 A링의 시합을 중단한다는 방송이 나오지 않았다. 지금 링에서 제 발로 내려간다면 기권패였다. 아무리 '전능한 존재'가 망하는 판을 깔아 놨어도, 스스로 패배를 받아들일 수는 없었다. 다운되지 않는 한, 레퍼리가 시합을 중지시키지 않는 한 시합은 절대 끝나지 않으니까. 상대 선수도 몹시 당황한 눈치였다.

불청객 모두가 온해에게 달려들어 주먹을 날렸다. 다들 무언가에 단단히 썰 것같이 아우성쳤다. 대강 그런 내용이었다.

"때려 봐, 때려 보라고! 선수라며? 저것 봐, 나도 못 때리면서 국대는 개뿔! 저런 애 때문에 우리 애만 딴 데 정신 팔려서 손해를 보고!"

"사탄! 사탄이야! 착한 내 아들을 꾀어서!"

"네가 잘되는 게 모든 애들한테 얼마나 절망을 주는지 알아? 불공평한 건 알아? 공부 한 자 안 하고 머리만 텅텅 비어서는!"

"얼마나 반듯한 아들이었는데, 어? 내 아들이 내 꿈인데! 내 인생을 망친 년!"

"너 같은 년 때문에 우리 딸이 헛된 꿈을 꾸고!"

"너 같은 년 때문에 우리 아들이 헛된 꿈을 꾸고!"

"딴따라하겠다고 이상한 꿈을 꾸고!"

"나이도 많으면서 갑자기 사람 패는 짓에 빠지고!"

"이것만일까? 그다음엔 네 아비처럼 결혼도 안 하고 애를 낳아 올지도 모르지!"

"이것만일까? 나중엔 가족과 교회에 어떤 식으로 먹칠을 하게 될지!"

한두 사람이어야 어떻게든 회피 동작이 가능하지, 오윤아의 부모 둘에 목사의 가족 넷, 총 여섯 명의 공격을 한꺼번에 커버하기는 불가능했다. 결국 온해는 두 손으로 가드를 올려 머리를 감쌌다. 사람들이 마구 달려들었다. 주먹질을 할 줄 모르는 사람들이라, 팔뚝에 부딪는 손길이 많이 아프지는 않았다. 다만 이해할 수 없었다, 왜 맞아야 하는지.

퍼부어지던 주먹세례가 간혹 약해질 때가 있었다. 목사가 거머리처럼 매달려 온해를 둘러싼 이들 중 몇몇을 뜯어낼 때였다. 목사 역시 온해처럼 주먹 한번 내지 못하고 있었다. 이해했다.

대다수가 자신을 키운 가족인 데다, 복싱은 스포츠지 링 아닌 곳에서 사람을 패기 위해 배우는 건 아니니까. 목사는 그저 사람들을 떼어 낼 뿐이었다. 그리고 나자빠진 사람들은 곧 링 위에 침을 뱉고서는 다시 온해에게 달려들었다.

온해는 가드를 올린 채 속으로 중얼거렸다. 시합만 재개되면 돼. 온해는 스스로에게 말했다. 그러면 돼. 지금까진 내가 계속 이겼으니까. 나는 한 번도 잘못하지 않았어. 몰려온 사람들에게 단 한 번도 주먹을 내지르지 않고 내내 막기만 했지. 그러니 내게 그 어떤 책임도 물을 수 없어. 참으면 돼. 온해는 울지 않기 위해 눈을 꼭 감았다.


삐익, 삐익. 얼마나 시간이 지났을까? 요란한 호루라기 소리가 났다. 경찰들이 들어서고 있었다. 경찰은 꾸역꾸역 링으로 올라와서는 목사의 몸을 제압했다. 왜 시합장에 멋대로 난입한 사람이 아니라 방어하려 들었던 이를 범죄자 취급하는 걸까. 온해는 항의하려 했지만 그간 손 놓고 있던 레퍼리가 별안간 팔을 거칠게 잡고 링 중앙으로 향하는 바람에 질질 끌려갔다. 반대편 손에는 상대방이 있었다.

"A링, 경기 결과 발표하겠습니다."

무슨 경기 결과? 경기가 중간에 중단됐는데 어떻게 결과를 산출하지? 온해의 손을 잡은 레퍼리의 힘이 점점 세지고 있었다.

손목이 아파 비틀어 보려고 했지만 꿈쩍도 하지 않았다. 정확히는, 온해의 손을 레퍼리가 아래로 누르고 있었다.

온해는 경찰에게 질질 끌려가는 목사의 모습을 바라보았다. 방금 눈을 정통으로 맞은 탓에 초점이 흐렸다. 반면, 링 아래 도사견처럼 으르렁대고 있는 사람들은 잘 보였다. 심판들은 서로 이야기를 나누고 있었다. 곧 레퍼리의 몸이 출렁, 하고 움직였다.

상대방의 손이 올라갔다.

왜? 아직 시합이 끝나지도 않았고, 심지어 1, 2라운드 모두 이겼는데. 온해는 손을 뿌리치려 했다. 그러자 레퍼리가 눈을 부라렸다. 청 코너 코치진들이 두 팔을 들며 환호했으나 분명 미세하게 찝찝한 표정이었다.

"A-50번째 경기는 홍 코너 김온해 선수의 실격으로 청 코너 판정승하였습니다. A링, 다음 경기 속개합니다."

실격?

그렇게 영문도 모른 채로 링에서 떠밀려 내려왔다. 온해는 일단 뛰기 시작했다. 조금 전에 끌려 나간 목사의 뒤를 따르기 위해서였다. 그러나 밖으로 나왔을 땐 경찰차도 목사도 없었다. 경찰서가 어디인지, 어느 경찰서로 끌려갔는지 온해는 몰랐다. 항만보다도 훨씬 큰 거평시에 경찰서가 한둘이겠는가. 벽에 가로막힌 느낌이었다.

그래도 찾아야 한다. 일단 핸드폰이 필요하다. 더플백! 더플백을 가져와야 한다. 그러니 대기실에 가야 한다. 온해는 다시 체육관 쪽으로 발을 돌렸다. 그러고는 누군가의 몸에 크게 부딪혔다.

"……아빠."

아빠였다. 곰 같은 김응민 씨가 눈물을 철철 흘리고 있었다.

"네가 이겼어."

아빠의 말에 헛웃음이 나왔다. 그러나 부정적인 감정은 아니었고, 이 와중에도 경기 생각을 하는 게 아빠다워서였다.

"아빠, 그 경기? 뭐, 그러라지. 난 괜찮아. 한 번 더럽게 졌다고 세상이 무너지는 건 아니잖아."

그러나 아빠의 의도는 그게 전부가 아닌 듯했다.

"네가 이겼어. 이제 내가 옆에서 다 챙겨 주지 않아도 되는 거지. 이제 알았어. 그러니까 네가 이겼어."

온해는 아빠를 멍하니 바라보았다. 무슨 말을 하는지 약간 이해가 되지 않았다. 아빠가 말을 이었다.

"아빠 없이도 그렇게 혼자 잘해 낼 수 있게 온해가 컸다는 걸 아빠가 인정하지 못했나 봐. 그래서 계속 단속하려 들었나 봐. 그게 마음에 들지 않았지? 그렇지? 아빠가 미안해, 받아들이지 못해서……. 아빠는 정말, 세상이 무섭고 믿을 건 온해뿐이라 그렇게 살았던 건데, 온해가 아빠보다 다른 어른을 더 신뢰할 만큼 아빠가 잘못한 줄은 몰랐어. 미안해……."

이 무슨 동상이몽인가. 설마 그 '다른 어른'이 목사를 얘기하는 것? 온해는 입을 딱 벌렸다. 목사가 어떻게 링사이드에서 아빠 자리를 차지하게 되었는지에 대해 당장 설명해야 직성이 풀릴 것 같았다. 그러나 얼른 목사를 구해야 했다. 이 자리에서 설명하기엔 시간이 너무 촉박했다.

"아빠 없이 내가 할 수 없는 것도 있어."

온해의 말에 아빠가 눈을 동그랗게 떴다. 온해는 주차장을 휘둘러보았다. 저 멀리 목사를 태운 경찰차가 보였다. 아직 출발하지 못하고 있었는데, 그 앞에서 목사의 가족과 오윤아의 부모가 서로 싸우고 있었기 때문이다. 그러니까 그들은 온해를 실패하게끔 만드는 것에는 합의했으나 목사의 거취에 대해서는 이견이 있는 모양이었다. 온해가 말했다.

"아빠, 내 체급으로는 저 사람들 다 이길 수는 없어. 하지만 아빠라면 가능하지?"

"무슨 소리야?"

아빠의 물음에 온해는 침을 꿀꺽 삼킨 후 주먹에 힘을 주었다. 그리고 나사 빠진 아빠의 광대를 향해 날렸다.

체크 훅을.

---

1. **아웃복서** 상대편과 거리를 유지하면서 유효한 타격을 노리는 스타일의 복서.

## 8라운드
### 김웅민의 경우

"복싱 관장이 되어서 일반인을 협박해서야 되겠습니까?"

경찰의 추궁에 김웅민은 싹싹 잘못을 빌었다. 한 대도 때리지
않았으나 때리는 척을 하며 목사가 가족과 오윤아의 부모, 그
어느 쪽의 손에도 들어가지 않도록 수를 썼다.

다행히 그들은 물러섰으나 김웅민은 결국 경찰서까지 끌려
오고야 말았다. 훈방 조치 후 경찰서를 나왔더니 이미 해가 져
있었다. 거평에서 항만으로 가는 시외버스는 이미 끊겼고, 딸은
손톱을 물어뜯고 있었다. 오윤아 때문이었다. 더플백이 없으니
핸드폰도 없고, 따라서 연락할 방도도 없었다.

"오윤아가 정말 큰일 났으면 어떡해? 내 쪽에서 원하는 목적
을 이루지 못한 천사 견습생이 오윤아 쪽으로 갔으면 어떡해?"

온해는 눈물을 흘리며 발을 동동 굴렀다. 천사 견습생이 대관절 무엇인지 알지 못하는 김응민은 어찌할 바를 몰랐다. 옆에서 문정호가 빠르게 말했다.

"그 학교 앞에 갑시다. 택시 타고 가면 되잖아."

마침 퇴근하던 막내 경찰 하나가 물었다.

"태워다 드릴까요? 하루에 죄 없이 경찰서를 두 번 오신 것도 별일인데."

그러더니 속삭였다.

"사실은 광혜암 보살님이 연락을 주셔서. 제가 그쪽에 신세를 많이 졌거든요."

경찰관의 자가용을 타고 경기장으로 먼저 번개같이 달려가, 혼자 널브러져 있던 온해의 더플백을 찾았다. 온해는 오윤아에게 전화했다. 곧 누군가가 받았다. 다신 전화하지 말라는 어른의 목소리. 그래도 무사히 부모를 만난 모양이라고 여긴 온해가 안도의 한숨을 쉬었다. 그러고는 엉엉 울어 버렸다. 그러거나 말거나, 문정호는 김응민의 눈치만 보고 있었다.

이미 시외버스는 끊겼으므로 다 같이 1박을 해야 했다. 막내 경찰이 광혜암에 다시 전화를 했다. 인자한 보살은 온해를 하룻밤 더 재워 주기로 했다. 다만 제아무리 아버지와 가짜 아버지라 하더라도 남자들은 재워 줄 수 없다고 했다.

온해를 광혜암에 내려 준 경찰관은 성인 남자 둘은 알아서 잘 곳을 정하라는 듯 빠르게 사라졌다. 찜질방에라도 가서 쪽잠을 잘까 했으나 그러기도 힘들 정도로 어색한지라, 둘은 결국 인근의 어느 공원으로 가서 앉았다.

거평시에 대해서는 둘 다 아무것도 몰랐지만, 사실 그 공원은 거평시에서 악명 높은 장소였다. 매일같이 온해 나이 대의 아이들이 모여 어둠 속에서 낄낄대거나 눈물을 흘리거나 연기를 내뿜거나 취하곤 하는 곳.

마침내 김웅민이 실토했다.

"사실 문 병장님……, 처음부터 알아봤어요. 그런데 일부러 모르는 척했어요, 그냥 심술궂은 마음으로. 그런데도 이렇게 저 대신 온해를 데리고 시합에도 나와 주시고…… 온해 위해서 경찰서에까지……."

문정호의 얼굴은 어둠에 묻혀 있었다.

"링에 사람들 몰려들 때부터 내려가서 온해 보호해 줘야지, 싶었는데 발이 안 떨어졌거든요. 그때 같이 싸웠다면 훨씬 더 나아졌을 텐데……, 경찰서 가시는 일도 없었을 텐데……."

"같이 끌려갔겠죠."

문정호가 말을 자르자 김웅민은 짧고 낮게 웃었다. 그러고서는 다시 한번 깊이 고개를 숙였다.

옆에서 시끌벅적, 온해 나이 대의 아이들이 어둠에 묻혀 잘 보이지도 않는 비눗방울을 불고 있었다. 방울을 따라 두 사람의 고개가 이동했다.

"……어?"

익숙한 얼굴을 발견한 것은 목사가 먼저였다. 목사는 그쪽으로 다가갔다. 오윤아. 오윤아가 가방을 앞으로 껴안은 채 꾸벅꾸벅 졸고 있었다.

"윤아야!"

문정호가 오윤아를 흔들어 깨웠다. 오윤아는 마치 꿈인지 아닌지 확인하려는 사람처럼 눈을 끔벅거렸다. 김응민은 얼른 달려가 문정호 옆에 섰다. 오윤아는 두 사람을 번갈아 보다가, 씨익 웃었다. 자세히 보니 팔꿈치에 기다랗게 상처가 나 있었다.

"목사님, 저도 목사님 따라서 해 봤어요. 죽고 싶지도 않으면서 죽을 척하는 거요. 엄마 아빠 차에서 뛰어내렸걸랑요."

문정호가 펄쩍 뛰면서 아이의 몸을 이리저리 확인했다. 그러나 오윤아는 어깨를 으쓱했다.

"별거 없어요, 팔꿈치 긁힌 거 말고는. 차 엄청 막히더라고요? 그래서 시속 10킬로밖에 안 됐거든요. 근데 김온해는 경기 잘했어요?"

그제야 목사가 안심하며 말했다.

"졌어. 사실상 이긴 경기였는데, 편파 판정이랄까."

"그랬군요. 나도 실기 조졌는데. 가 보니까 저 말고 다른 입시생들은 심사위원이랑 다들 아는 사이더라고요. 그런 면에선 비숫하네요, 김온해랑 저랑. 어쨌든 목사님, 죄송해요. 저 때문에 경찰서에서 별의별 짓 다 하셨는데, 안되는 건 안 되나 봐요. 꿈은 무슨."

이게 무슨 말이지. 내막을 모르는 김웅민은 문정호를 멀뚱히 바라보았다. 그러나 문정호의 시선은 오윤아에게 고정되어 있었다. 그의 입이 천천히 열렸다.

"……나는, 이제야 진짜 내 꿈을 꾸고 있어. 그것 때문에 너무나 괴로워서 죽으려 했지."

오윤아는 미간을 조금 찌푸린 채 문정호를 가만히 쳐다보더니 못 미덥다는 듯 물었다.

"그 나이에도 새로운 꿈이 생겨요?"

"그럼."

"목사 말고 다른 꿈?"

"절대 양립할 수 없는 꿈이지."

그러자 오윤아는 씨발, 하고 욕을 뱉고선 이어 말했다.

"제가 확신하는데, 제가 목사님 나이 되기 전에 지구가 멸망할 거예요. 9월 다 됐는데도 이렇게 더운 거 봐요. 빙하가 녹아서 다 죽을 거라고요. 그러니까 저는 꿈을 영영 못 이루는 거죠. 배우는 절대 못 될 거예요."

"아니, 그렇지 않아."

"뭐가 아니에요?"

"꿈이란 것은······."

목사의 입술이 달싹거렸다.

"그건, 네가 평생 숨 쉬듯 해야 하는 말 같은 거야. 말을 그만하면 잃게 되잖아. 꿈을 잃지 않기 위해서는, 끝없이 그 꿈 이야기를 해야 해."

김응민은 영 알아들을 수 없었으나 일단 문정호가 좋은 말을 해 주고 있다는 사실만큼은 이해했다.

## 9라운드
### 김온해의 경우

온해는 한숨을 쉬며 캐리어의 지퍼를 닫았다. 다들 집에 돌아가면 어떻게 놀고 신나게 먹을지 떠드느라 바빴지만 온해에게는 먼 나라 이야기였다. 아빠가 구인 광고를 통해 새로 구한 코치가 대판 사고를 쳐서 쫓겨났다는 소식을 들은 게 이틀 전. 휴가 기간 동안 꼼짝없이 아빠 밑에서 일을 돕게 생겼다.

고등학교 졸업 이후로는 처음이었다. 졸업하자마자 거평 시청팀에 입단했으니까. 그러고 보면 운명이란 참으로 아리송한 것이었다. 그 끔찍했던 거평시에서 내내 합숙하며 그곳의 세금으로 운영되는 팀에서 연봉을 받을 줄은 몰랐는데.

목사가 끌려갔던 바로 그 거평시 경찰서는 이제 온해의 러닝 코스 끝자락 즈음에 있었다. 그때 처음 봤던 경찰서장님이 종종 시간 맞춰 나와 이온 음료를 건네주곤 했다. 다른 경찰관들도 온해가 거평시에서 경기할 때는 응원을 왔다. 이젠 항만시 미원 2동의 딸이 아니라 거평시의 딸이라 해도 이상할 게 없었다. 그렇게, 스무 살의 일 년이 흘러갔다.

"간다."

"이 주 뒤에 봐!"

"감독님, 저 갈게요."

"맛있는 거 많이 먹고, 아버지께 안부 전해 드리고."

함께 훈련하는 선수들과 손을 흔들고, 거평 시청 감독에게도 인사를 했다. 물론 다시는 못 볼 수도 있었다. 일 년 계약이 끝나는 시점이었다. 재계약 여부를 얼굴 보고 이야기하기 힘들어하는 감독의 성정을 모두가 익히 알고 있었다.

이번 휴가의 막바지 즈음에 전화가 걸려 올 것이었다. 그 전화의 내용에 따라 다시 돌아올 수 있을지, 아니면 끈 떨어진 두레박, 두 글자로 말하면 백수가 될지 결정될 것이었다. 그래서 모두들 더욱 밝은 척 구는 것일지도 몰랐다.

온해 역시 재계약을 장담할 수는 없었다. 메달을 몇 개 따긴 했는데 금은 하나뿐이었고, 아예 메달권에 들지조차 못한 대회도 두엇 있었다. 감독이 지도하는 대로 열심히 노력하긴 했지만 얼마나 성장했는지는 스스로 잘 가늠이 되지 않았다.

혹시 버려진다 하더라도 내내 감사할 거였다. 고등학교 1학

년 때, 그 소동 끝에 결국 패했던 결승전을 보고 온해의 연락처를 수소문해 전화를 걸어 준 은인이었다.

"이대로 이 년 더 열심히 하면 너를 데려올 테니 꼭 복싱을 놓지 마."

그 말 한마디에 온해는 포기하지 않을 수 있었다.


탈탈, 시끄러운 캐리어를 끌고 와서는 낑낑대며 3층의 체육관까지 들고 올랐다. 신발장 옆에 내려놓고 체육관에 들어섰다. 사람들이 왁자지껄 샌드백을 치고 있었다. 사무실로 향하려 했는데 링 위의 아빠가 먼저 보였다. 아빠는 중학생 회원들의 미트를 받고 있었다. 팔짱을 끼고 보다가 문득 중얼거렸다.

"저 폼은 지적해야지."나 "아빠, 그 기술은 옛날식으로는 교과서적이긴 한데 요샌 영 잘 안 먹히더라." 같은 말을 하며 혼자 훈수를 뒀다. 그러자 아빠가 말했다.

"왜 왔냐?"

기가 막혔다.

"왜 왔냐니, 지금 새끼 코치 해 줄 사람도 없으면서, 생각해서 와 줬더니 한다는 소리가 고작. 혼자 하루 열두 시간 일을 하고 마감 청소까지 하겠다는 거야? 원한다면 그렇게 하고!"

온해는 미트 트레이닝을 끝내고 내려온 아빠의 등짝을 치며 말했다. 예전에는 이런 식으로 말하고 행동하는 게 불가능했을 텐데. 하지만 이제 이십 대인 온해는 아빠의 미원복싱을 벗어나 새로운 곳에서 새로운 사람들과 운동하며 능글맞아졌다.

물론 교과서적인 겸손과 성실은 새 환경에서도 중요했다. 하지만 가끔은 변칙도 필요했다. 자신을 단련하고 또 보호하기 위한 기술은 많으면 많을수록 좋았다. 그걸 온해는 알게 되었다.

아빠가 머리를 긁더니 주워섬겼다.

"아니, 그게 아니고."

"그게 아니고 뭐?"

"새 코치, 이미 구했는데."

"……엥? 벌써? 누군데?"

온해는 체육관을 휘이 둘러보았다.

"안 보이는데?"

그때 초등학생 무리가 끼어들어 저마다 멋대로 소리쳤다.

"새 코치님은 할아버지예요!"

"나이가 많아요!"

새로 들어온 정보를 처리하느라 머릿속이 혼란스러웠다. 할아버지? 나이가 많은 코치?

그러고는 번쩍, 뇌 속 전구가 켜졌다. 설마?

"……그렇게 됐다."

아빠가 말했다. 동시에, 사무실 문이 열렸다. 처음 와서 입관 상담을 하는 회원을 앞세운 새끼 코치가 거기서 걸어 나오고 있었다. 아마 상담이 잘 풀려 신규 회원을 유치하는 것에 성공한 듯, 코치의 얼굴에 미소가 가득했다. 온해는 그 표정을 잘 알았다. 내가 이렇게 잘해 내지 않았냐, 그러니 칭찬해 달라, 하는 표정.

온해는 팔짱을 꼈다. 저 사람, 저런 표정도 지을 줄 아는 사람이었어? 내 앞에서는 내내 목 굽은 채로 눈이나 부라렸으면서!

목사는 온해를 뒤늦게 발견하고서는 깜짝 놀라는 척을 했다. 가증스러워! 온해는 생각하며 등을 돌려 아빠 쪽을 바라보았다. 그러고는 또 몸서리쳤다. 천하의 곰 김웅민 씨가 저렇게 기특해하는 표정을 지을 수 있는 사람이었어?

팀으로 돌아가고 싶어졌다.

## 10라운드
### 에필로그

온해는 가끔 오윤아를 생각했다. 뭐 하고 살까, 하고.

가출 사건 후 오윤아는 학교를 강제로 자퇴했다. 무단결석이 생활 기록부에 남으면 대학 가는 데 치명적이라는 부모의 판단 때문이었다. 그러고는 일 년 등록금이 몇천만 원이라는 서울의 어느 기숙학원에 감금되다시피 등록했다. 이후 고졸 검정고시 와 수능을 치렀다는 소식까지는 들었지만, 그 뒤로 어떻게 되었 는지 알지 못했다. 인스타그램 계정도 사라졌고, 전화번호도 바 뀌었으니까.

그래서 미원복싱 일을 도우리 팀에서 휴가를 나왔을 때, 그 체육관 앞에 오윤아가 등장한 걸 보고는 소스라치게 놀랐다. 그 리고 그 애가 하는 말을 듣고는 더더욱.

오윤아는 고백했다. 삼수까지 억지로 했으나 결국 부모의 성에 차는 성적은 얻지 못하고 지방 사립대에 들어갔다고. 이제 자신은 '돈 먹는 쓰레기통'이라는 말을 듣는 집안의 천덕꾸러기가 되었다고.

"이상하지 않아? 그 돈은 다 내 꿈과는 상관없이 엄마 아빠가 마음대로 쓴 건데, 왜 내가 욕을 먹지?"

삼수 후 들어간 대학교에서 한 학기를 보낸 차라고 했다. 항만시 본가에 돌아올 생각은 절대 하지 않은 채 자취방에 누워서 SNS 피드를 스크롤하다가 아르바이트 갈 시각이 되면 옷을 대충 챙겨 입고 나가기만을 반복했다나. 영상 매체를 재생할 때마다 그날 그 편입 시험장에서 느꼈던 절망이 생생히 기억나기 때문에 영화나 드라마는 보지 않는다고. 자신은 현실도 모른 채 헛된 꿈에 사로잡혀 들러리나 섰던 멍청이였다는 자각이 아직도 머릿속을 떠나지 않는다고 했다.

"그렇게 십오 킬로그램이 쪘지 뭐야? 알바 사장님이 착해서, 야식을 엄청 챙겨 주거든."

그러다 아르바이트를 마치고 돌아와 자리에 누운 아침, 잠이 오지 않아 또다시 SNS 피드를 내리다 공고를 보고야 말았다고.

"'여자 중량급의, 프로 복서 연기를 별도의 훈련 없이 바로 할 수 있는 연기자'?"

오윤아가 내민 오디션 공고를 읽는 온해 앞에서 오윤아는 고개를 끄덕였다. 온해는 중얼거렸다.

"중량급이라 함은 70킬로그램 이상인데……. 우리나라 여자 복싱계에선 선수도 그 체급이 드문데, 하물며 연기자라……. 거의 없지 않을까?"

"프로 연기자 중에서도 없다고, 다들 살 빼느라 바쁘니까. 내가 할 수 있어, 어? 내가 할 거야. 사실 체중이 좀 부족하긴 한데, 금방 찌울 수 있어."

"지금 몇 킬로그램인데?"

"60킬로."

"완전 말랐는데? 아니, 살을 너무 많이 찌워야 하는데……?"

"할 수 있다고."

"오디션까지 한 달은 너무 짧은데……?"

"됐고, 그때까지 무슨 수를 써서라도 나를 중량급 프로 복서처럼 보이게 만들어 줘. 시키는 건 다 할게. 옛날에 네가 그랬듯 6시에 뛰라면 뛰고, 하루에 다섯 시간 훈련하라면 할게."

오윤아는 온해를 또렷하게 쳐다보았다. 온해는 머리를 감싸 쥔 채 한참을 끙끙거리다 중얼거렸다.

"……그럼 일단, 등록은 필요 없고. 내일 새벽 6시에 체육관 앞으로 오시죠."

그렇게 매일 새벽, 아무도 없는 체육관에서 온해와 오윤아가 비밀 훈련을 했다는 사실을 아무도 알지 못했다. 고된 훈련이 끝나면 온해가 순대국밥과 돼지국밥과 설렁탕과 기타 등등 온갖 단백질과 나트륨 덩어리를 마구 먹여 오윤아의 몸을 불리는 것에 도움을 주었다는 것도. 관장과 목사, 아니 코치가 아는 것은 그저, 한국 역사상 전무후무한 복싱 뮤지컬이 개막했으며, 오윤아가 가장 중요한 조연 역할을 맡았다는 사실뿐이다.

온해 부녀는 문정호와 함께 그 뮤지컬을 보러 서울까지 갔다. 오윤아는 늘씬하고 예쁜 주인공을 괴롭히는 복싱 팀의 우락부락한 선배를 연기했다. 복서들 입장에서는 기분 나쁠지도 모르는 내용이었으나, 너무나 엉성해 차마 눈 뜨고 볼 수 없는 다른 연기자와 오윤아의 복싱 연기는 확실히 차원이 달랐다.

공연이 끝난 후 온해는 벅찬 표정을 한 채 꽃다발을 들고 로비에서 오윤아를 기다렸다.

"아무것도 지적할 게 없었어."

온해가 말했다.

"이 무대에 선 사람 중에서 너만 진짜 복서 같았어. 다른 사람은 다 허접한 흉내였어."

"가드도 잘 올리고, 원투 칠 때 허리도 잘 틀고?"

오윤아가 웃으며 반문했다. 손을 들어 온해의 두 어깨를 슬며시 잡아 보았다. 공격으로부터 자신을 보호하기 위해 잔뜩 움츠린 복서의 어깨, 손에 살짝 힘을 주어 그 어깨를 펴 주었다. 온해의 굽은 어깨가 펴지며, 허리가 따라서 꼿꼿하게 섰다.

그리고 그 뒤에는 목사와 관장이 서 있었다.

네 사람은 함께 공연장 밖으로 걸어 나갔다. 첫 공연 축하 조로 거하게 한 턱 쏘겠다고 온해가 말했으나, 오윤아는 핀잔을 주었다.

"나, 오늘부터 석 달 동안 매일매일 공연 있다고. 코치님, 거하게 먹었다가 탈이라도 나면 어떻게 해?"

온해는 입을 삐죽 내밀었다. 오윤아가 농담이라며 웃었다.

"그거 가지고 삐지냐? 내가 쏜다. 그리고 목사님이랑 관장님, 먹으면서 솔직하게 다 얘기해 주셔야 돼요. 아쉬운 게 뭐였는지, 뭘 고쳐야 할지. 아셨죠?"

그렇게 말하며 앞장서서 길을 걸었다. 풀 죽었던 얼굴에 금세 화색이 돈 세 사람이 오윤아를 향해 각자 하고 싶은 질문을 퍼부으며 뒤를 따랐다.

오윤아가 나지막이 노래를 부르기 시작했다. 뒤에서 나란히 걸어오는 두 남자에게는 들리지 않을 정도로 작게. 온해는 문득 배가 엄청 고프다는 사실을 깨달았다. 뒤이어 지금 엄청 행복하다는 것도 알게 되었다.

"뭐, 대단한 거 사 줄 거야?"

온해는 성큼성큼 걸어가 오윤아의 귓가에 대고 물었다. 오윤아가 대답했다.

"아니, 라면."

그러고는 답을 듣자마자 깔깔 웃는 온해의 손을 꼭 붙잡았다. 맞잡은 두 손이 땀으로 축축해졌지만, 놓을 생각은 없었다. 지구 한 바퀴를 돌 수도 있을 것 같은 기분이었다.

그런 여름이 몇 년의 시간을 거쳐, 마침내 올 수 있었다.

# 꿈과의 거리를 좁히는 힘은 담력!

저는 문학 하는 분들 사이에서는 나름 '복싱하는 소설가'로 알려져 있습니다. 스물네 살에 복싱을, 서른 살에 소설 쓰기를 시작했고 지금은 서른일곱 살이지요. 복싱이든 소설 쓰기든, 시작하던 바로 그 순간 전까지는 제가 그런 일을 하리라고 상상한 적이 결코 없었습니다. 복서나 소설가가 꿈도 아니었고요.

십 대 시절의 장래 희망은 다른 직업이었는데, 이십 대가 되어 막상 그 직업을 얻고 나자 제가 잘해 낼 수 있는 일이 아니라는 혼란에 휩싸였고, 그 때문에 극심한 우울증을 겪어야 했습니다. 다행히 새로운 자아를 찾고 난 지금은 제법 행복하답니다. 물론 예전 직업을 그만두지 않았다면 훨씬 돈을 많이 벌었을 테지만, 아마 저는 매일 울며 살았을지도 몰라요. 목사처럼 목을 맺을지도요…….

십 대에는 한 번도 가능성을 예상해 본 적이 없던 저의 모습을 발견하는 여정을 겪고 나자 문득 이런 생각이 들었습니다. 왜 우리 사회는 '장래 희망'이라는 단어를 십 대에게만 묻는 것일까? 나처럼 서른이 되어서, 아니면 더 늦게, 마흔이나 쉰이 되어서 새로운 '나'를 발견하는 일도 충분히 많은데, 왜 꼭 십 대 때 꾼 꿈이 전부라고 생각할까? 다른 의문도 생겼습니다. 왜 십 대 때 꾼 꿈을 반드시 이십 대에 '빨리빨리' 이룰 것을 강요하며 급하게 굴까? 백 세 시대라는데, 다른 일을 하며 충분히 경험을 쌓은 후 그 꿈은 나중에 실현해도 되지 않을까?

바로 그 질문이 이 소설의 시작이 되었습니다. 이 소설의 주인공은 온해이지만, 프로 복서는 아니더라도 코치가 될 수 있었던 목사나 마음에 담고 있던 꿈을 뒤늦게 펼치는 오윤아의 모습에서 독자 여러분이 용기를 얻기를 바랍니다.


P.S. 저와 친한 여자 복싱 국가대표 선수는 외고를 나와 심리학을 전공했으며, 복싱은 이십 대 초반에 시작했답니다. 다른 국가대표 선수는 트로트 가수 출신이에요. 여러분, 저만 빙빙 돌아 도착한 것이 아니에요!

설재인

드 림 라 운 드

**첫판 1쇄 펴낸날** 2025년 6월 10일

**지은이** 설재인
**발행인** 조한나
**주니어 본부장** 박창희
**편집** 박고은 정예림 강민영
**디자인** 전윤정 김혜은
**마케팅** 김인진 김은희
**회계** 양여진 김주연

**펴낸곳** (주)도서출판 푸른숲
**출판등록** 2003년 12월 17일 제2003-000032호
**주소** 경기도 파주시 심학산로 10, 우편번호 10881
**전화** 031) 955-9010 **팩스** 031) 955-9009
**인스타그램** @psoopjr **이메일** psoopjr@prunsoop.co.kr
**홈페이지** www.prunsoop.co.kr